DARLING

DE LA MÊME AUTEURE

Rouges Chaudes suivi du *Journal du Népal,* poésie, Saint-Lambert, Éditions du Noroît, 1983.

La Catastrophe, poésie, en collaboration avec Élise Turcotte, Montréal, Éditions de la NBJ, 1985.

Petite Sensation, poésie, Montréal, Éditions de l'Estérel, 1985 (épuisé).

Les Verbes seuls, poésie, Saint-Lambert, Éditions du Noroît, 1985.

La Minutie de l'araignée, poésie, Montréal, Éditions de la NBJ, 1987 (épuisé).

La 2ᵉ Avenue, poésie, Saint-Lambert, Éditions du Noroît, 1990 (épuisé).

Le Désert des mots, poésie, Amay, Belgique, Le Buisson ardent, 1991.

La Love, roman, Montréal, Leméac, 1993.

Poèmes faxés, poésie, en collaboration avec Jean-Paul Daoust et Mona Latif-Ghattas, Trois-Rivières, Les Écrits des Forges, 1994.

Politique de pouvoir de Margaret Atwood, traduction, Montréal, Hexagone, 1995.

La 2ᵉ Avenue, précédé de *Petite Sensation, La Minutie de l'araignée, Le Marché de l'amour,* poésie, Montréal, Hexagone, 1995.

Le Prêt-à-écrire, une grammaire simple comme bonjour, en collaboration avec Michèle Frémont, Montréal, CCDMD, 1997.

Louise Desjardins

DARLING

roman

LEMÉAC

Données de catalogage avant publication

Desjardins, Louise, 1943-
   Darling
   (Collection Roman)
   ISBN 2-7609-3203-6
   I. Titre.

PS8557.E782D37 1998   C843'.54   C98-940494-3
PS9557.E782D37 1998
PQ3919.2.D47D37 1998

Nous remercions le Conseil des Arts du Canada de l'aide accordée à notre programme de publication, ainsi que la SODEC pour son soutien à l'édition.

ISBN 2-7609-3203-6

© Copyright Ottawa 1998 par Leméac Éditeur Inc.
1124, rue Marie-Anne Est, Montréal (Qc) H2J 2B7
Dépôt légal – Bibliothèque nationale du Québec, 3ᵉ trimestre 1998

Imprimé au Canada

À Gaëtan

LA PREMIÈRE NUIT

Quand elle rentra chez elle vers midi, la maison était vide.

La chienne Mélusine la reçut avec une joie hors de l'ordinaire. Le chat se terra dans un coin comme pour lui reprocher son escapade. Son mari avait laissé une note sur la table : *J'ai conduit les enfants à l'école. J'espère que tu seras là à l'heure du souper. J'ai fait dégeler des steaks.*

Elle prit la note, la froissa dans son poing et la jeta à la poubelle.

Elle appela au journal. C'est Blanche, la femme du patron, qui répondit.

— C'est Pauline, je suis malade. J'irai pas travailler aujourd'hui.

— On a vu ça, c'est moi qui vous remplace. Votre mari vient d'appeler. Il va rappeler. Qu'est-ce que je vais lui dire ?

— Que je suis à la maison...

Pauline n'avait pas le goût de poursuivre la conversation et elle raccrocha. Elle prit une douche et fit jouer le *Broken English* de Marianne Faithful. Sa voix d'écorchée vive lui sembla moins désespérée. Elle sortit une bière du frigidaire et alla s'asseoir devant la bay-window où les plantes vertes s'abandonnaient au soleil faiblard. Pauline déplaça les manettes du Coleco (ses enfants étaient des cracks de jeux vidéo), puis elle empila les journaux de la veille qui traînaient sur le divan. Elle pensa se mettre au piano, profiter de ce moment de solitude pour chanter bien à son aise, mais elle préféra s'envelopper de la musique de Marianne Faithful pour mieux rêver à son chanteur. Elle eut envie de se faire jouir. Elle aurait voulu passer le reste de ses jours dans cette minute de désir tranquille, une bouffée de hasch entre deux gorgées de bière.

Depuis la mort de son père au mois d'août précédent, elle se traînait les pieds pour aller travailler. Souvent elle pensait à son enfance en Abitibi, et elle se demandait ce qu'elle faisait là, à Montréal-Nord, dans un cottage semi-détaché plus triste qu'un matin d'automne, avec un mari et des enfants qui lui semblaient de plus en plus lourds.

Les gens disaient pourtant qu'elle avait un bon diable de mari. Mais Pauline avait un désir fou de se séparer de lui. Elle ne savait pas pourquoi au juste, mais tout ce qu'il disait lui semblait déplacé, le moindre de ses gestes lui tapait sur les nerfs. Quand il s'approchait d'elle pour l'embrasser mécaniquement, elle sentait le duvet de ses joues se hérisser. Elle ne savait pas comment elle arriverait à le supporter plus longtemps. Il fallait qu'elle sorte de là. Depuis quelques mois, elle y pensait jour et nuit, échafaudant des scénarios de ruptures à l'infini. Puis elle bloquait sur la belle image de couple qu'elle et Gilles projetaient, et la culpabilité prenait le dessus. Sa tête se refroidissait et elle se disait qu'elle avait tout pour être heureuse au fond : sa fille de douze ans, Ariane, son fils de dix ans, Manuel, une maison à deux étages, une pelouse bien tondue, des plantes d'intérieur, un four encastré, un chien, un chat, une tente-roulotte. Gilles, qui gagnait bien sa vie comme directeur d'une école primaire, était plein d'attentions pour les enfants. Elle avait vraiment tout pour être heureuse. Sa copine Réjeanne le lui répétait souvent. Que demander de plus, Pauline Cloutier ?

La Ballade de Lucy Jordan remplissait le salon. Elle l'écoutait tout le temps. C'était devenu une obsession, car elle ne parvenait pas tout à fait à comprendre l'anglais british que chantait Marianne Faithful de sa voix éraillée. Elle se sentait des affinités avec Lucy Jordan, cette femme de trente-sept ans qui voulait en finir avec sa vie, et qui désirait plus que tout se promener en auto sport à Paris « with the warm wind in her hair ». Au moment où elle entendit « she rearranges the flowers », Pauline était justement en train de couper une fleur fanée de l'hibiscus, qu'elle écrasa dans sa main. Elle étouffait autant que Lucy Jordan, mais la comparaison s'arrêtait là : c'est dans une Lada grise et non dans une auto sport que Pauline se promenait. À Montréal-Nord près de la rivière des Prairies et non à Paris près de la Seine.

Un magnifique pin rouge se dressait devant la bay-window et l'empêchait de voir le ciel. Une neige de fin février commençait à fondre un peu dans la rue. Il lui restait une heure de paix et Pauline voulait en profiter pour revivre sa nuit minute par minute, comme pour la buriner dans son cerveau. Elle se prélassait dans la moiteur des caresses qui défilaient en play-back.

Ce long corps d'homme lui allait à la perfection, une pantoufle de vair qu'elle retrouverait n'importe où, n'importe quand, avant ou après minuit, avec ou sans carrosse. Elle deviendrait la Cendrillon du Zoobar. Oui, la nuit avait été terrible. Sans ciel ni terre.

Pauline et Réjeanne avaient décidé d'aller au Zoobar rue Sainte-Catherine vers dix heures. Il y avait là une faune de punks multicolores. Voir les très jeunes hommes et les très jeunes femmes déambuler, une bière dans une main, un joint dans l'autre, les amusait beaucoup.

Pauline avait tout de suite remarqué un chanteur qui s'accompagnait lui-même à la guitare. Habituellement, au Zoobar, il y avait toujours un band heavy metal qui s'éclatait sur la scène entourée de câbles comme s'il s'agissait d'un ring. Mais cette fois-ci, elle fut étonnée, d'abord par l'accent italien du chanteur et ensuite par les airs country qu'il jouait. Elle ne pouvait pas s'empêcher de l'écouter attentivement, puis son cœur s'était noué tout à coup, à cause de la chanson triste, la voix genre Willie Nelson et tout. Elle était au bord des larmes.

Lui était revenu à la mémoire un épisode d'un film de Bergman, *Scènes de la vie conjugale*, qu'elle avait regardé à la télé. Une femme dans la cinquantaine, un peu ridée et bien habillée, annonce à son avocat qu'elle voudrait divorcer.

— Pourquoi voulez-vous divorcer?

— Parce que je ne sens rien du tout quand je me touche la main.

« Parce que je ne sens rien du tout quand je me touche la main. » Cette phrase l'habitait comme un refrain de hit-parade. Pauline non plus ne sentait plus sa propre main, elle ne sentait même plus rien du tout. Était-ce une raison pour vouloir se séparer? Ne plus rien sentir. Plus rien du tout. Moins que rien. La vie plus morte que la mort.

Le chanteur était filiforme. Personne, sauf Pauline, ne semblait lui prêter la moindre attention. Il avait un visage d'enfant sous son chapeau de cow-boy. Sa voix grave, trop grave pour sa stature et son âge, contrastait avec son regard qui perçait dans la lueur des spots bleus et rouges. Il avait quelque chose de métallique dans ses yeux de husky, impénétrables, un ciel sans fond. Son ton légèrement nasillard faisait monter le désir en elle et, à mesure que sa voix s'infiltrait par tous les pores de sa peau, Pauline se retrouvait comme à quinze ans quand elle dansait un slow collé dans la moiteur d'une musique country.

Réjeanne n'arrêtait pas de jacasser.

— As-tu vu Chose?

— Qui? Où?

— Pis celui-là, y a l'air de vouloir nous cruiser.

— Qui? Où?

— Coudonc, Pauline, es-tu aveugle?

Elle aurait donné n'importe quoi pour être seule avec son chanteur. Elle s'était roulé une cigarette en puisant dans sa blague de tabac Drum auquel elle ajoutait toujours un peu de mari, pour le plaisir. Elle l'avait allumée, avait regardé Réjeanne droit dans les yeux.

— J'ai un kick sur lui.

— Non mais t'es pas sérieuse, Pauline? Pas c'te chenille à poils là? Franchement, j'vois pas ce que tu lui trouves. C'est même pas un vrai chanteur country. T'entends pas son accent macaroni?

Pauline n'avait pas répondu. Réjeanne avait haussé les épaules en se retournant, à l'affût d'un regard invitant parmi les hommes attablés.

À la fin du premier set, le chanteur s'était assis à une table située juste à côté du ring, buvant de grandes gorgées de bière et s'épongeant le visage comme un boxeur entre deux rounds. Pauline avait agrippé sa bière pour se diriger tout droit vers lui.

—Je peux?

— Ben soûr, ben soûr.

— Vous chantez bien.

Les haut-parleurs crachaient du Iron Maiden.

— Marci ben, mais c'est ploutôt heavy metal icitte d'habitude.

Son accent mi-italien mi-québécois plaisait bien à Pauline. De près, il avait l'air plus grand, mieux pris. Il avait commandé une autre bière en faisant son possible pour parler québécois.

— La même affaire.

— Une Molson light?

— Non, une régulière, stie.

Mais le « stie » avait agacé Pauline, qui lui avait demandé depuis quand il était arrivé à Montréal. Il avait semblé un peu surpris de la question.

— Oune année à peu près.

— Ça fait pas bien longtemps. C'est bizarre, je trouve que t'as pris notre accent bien vite. T'aimes ça ici?

— Ouais, si, mais c'est la grande ville qué j'aime pas. Jé souis venou au Canada pour voir dé la neige blanche, dé la forêt, des Indiens. Mais jé souis toujours à Montréal et jé chante dans les bars la nuitte.

— Tu devrais venir chez moi en Abitibi une bonne fois.

— C'est-tu loin de Malartic, ça?

— Comment ça se fait que tu connais ça, toi?

— J'ai déjà entendou cé nom-là. Y paraît qu'y a des Indiens là-bas, pis beaucoup dé neige.

— La neige, ça va, mais pour les Indiens, y se tiennent pas vraiment à Malartic ni à Rouyn-Noranda. Y sont plutôt à Louvicourt ou plus au nord, à Waswanipi. Y en a pas à tous les coins de rue.

Il avait éclaté d'un grand rire en plissant ses yeux au point de les fermer presque. Pauline avait regretté de s'être avancée autant, si rapidement. Mais il ne lui avait pas laissé le temps de réfléchir.

— Vous restez là-bas?

— Non, mes parents y habitaient.

— Ils restent plus là?

— Ma mère est morte il y a longtemps et mon père est décédé à la fin de l'été dernier. J'ai hérité d'une petite maison dans le fond d'un rang à Cléricy.

Le grand Dan, le propriétaire du bar en salopette blanche, était arrivé brusquement près de Carlo et lui avait dit quelque chose à l'oreille. Le chanteur avait fait un signe de la tête puis il s'était levé. Le deuxième set allait commencer.

— Excousez-moi, jé dois travailler. Mais attendez-moi après le show, O.K.?

— Pas de problème.

— Ciao!

Il s'était levé en lui faisant un sourire. Elle avait souri, elle aussi. Il avait enjambé les câbles entourant la scène, repris sa guitare, fait quelques accords, puis il avait recommencé à chanter sans que personne dans la salle ne l'écoute. Sauf Pauline. Réjeanne était venue la rejoindre. Elle avait bu un peu et ses joues étaient en feu, ses joues toutes tavelées.

— Il est minuit, Cendrillon, rentres-tu?

— Es-tu folle, je reste.

— T'es sûre? T'as pas peur que Gilles te cherche?

— Y s'en rendra même pas compte.

— Chus pas sûre de ça, mais c'est toi qui le sais. Ben moi j'y vais, j'ai une grosse journée demain. Take care.

— C'est ça, bye.

Pauline avait allumé le petit joint de hasch qu'elle avait acheté d'un pusher bariolé avant d'entrer dans le bar. Le répertoire du chanteur était vaste : Willie Nelson, John Prine, Emmylou Harris, Lou Reed, tous des gens que Pauline aimait presque autant que Marianne Faithful. Elle aimait aussi Renée Martel, mais comme personne dans son entourage ne semblait apprécier la chanteuse, elle l'écoutait en cachette sur son walkman. Quand il n'y avait personne à la maison, ce qui arrivait très rarement, elle s'accompagnait au piano et chantait *J'ai besoin de ton amour*, *Un amour comme le nôtre*, *Mon roman d'amour*. Elle aimait chanter, c'était la seule chose qui l'empêchait d'avoir trop mal. Sa boule dans la gorge prenait moins de place, son cœur pesait moins lourd. Il n'aurait pas fallu que Gilles l'entende, il aurait bien ri d'elle, de son côté western comme il se plaisait parfois à dire quand elle écoutait de vieux disques de Bob Dylan. Il se serait moqué d'elle encore plus s'il avait su qu'elle avait un faible pour Renée Martel, dont on n'entendait plus beaucoup parler depuis un certain temps. Pauline se disait qu'il devait lui être arrivé quelque chose. Toutes les chanteuses ont des vies bien bizarres. Des hauts, des bas.

L'Italien avait l'air d'un extra-terrestre dans la brume du Zoobar. Quelques danseuses bigarrées se contorsionnèrent lentement, les yeux fermés, devant la scène. La musique sortait des haut-parleurs géants mais ne réussissait pas à dominer la rumeur des clients aux cheveux de trolls qui causaient très fort en se passant des joints. Chacun des mots du chanteur arrivait malgré tout à rejoindre Pauline. Elle était seule au monde et ses yeux restaient rivés à son visage qui tournait du bleu au violet sous les spots. Quand il amorça *To Daddy* qu'elle avait entendu chanter mille fois, d'abord par Dolly Parton et ensuite par Emmylou Harris, le souvenir de son père lui revint. Son père qui grattait la guitare et qui chantait des chansons western si western, des chansons d'Oscar Thiffault, de Marcel Martel, de Willie Lamothe. Elle avait senti un grand vide et s'était mise à pleurer comme une petite fille. Elle s'était penchée sur la table pour que personne ne s'en aperçoive. Puis elle avait fini par se calmer, un peu comme une noyée qui se met à respirer après un long bouche-à-bouche. C'est à cet instant qu'elle s'était dit qu'elle attendrait cet homme le temps qu'il faudrait.

TOUT BASCULE

C'était la première fois qu'elle passait toute une nuit hors du foyer, hors champ, hors Gilles, hors les enfants. C'est ce qu'elle avait pensé en se réveillant dans le lit du chanteur. Elle n'avait même pas téléphoné à la maison.

Carlo l'avait cajolée de sa voix de basse chantante. Ils s'étaient mis à parler tranquillement, à faire les petits pas des premiers pas.

— Comment vous avez déviné hier soir qué j'étais pas québécois poure laine?

— C'est pas difficile, avec ton accent.

— Vous trouvez qué j'ai oun accent pour vrai?

— Ben voyons! Tu m'as pas dit ton nom.

— Carlo Frascati.

— Ça sonne pas mal italien ça aussi... Tu as quel âge, dix-huit ans?

— Vingt-deux ans, jé souis né en 1960. Pis vous?

— Trente-sept. Mariée, deux enfants, un chien, un chat, pour tout te dire.

— C'est pas vrai, vous mé faites marcher. Vous avez pas trente-sept ans. Jé vous crois pas.

— Non, mais tu me vouvoies comme si j'étais ta mère. Si tu continues à me vouvoyer, je vais penser que tu me chantes la pomme pour de vrai.

Son grand rire avait fusé dans l'appartement. Il l'avait serrée dans ses bras et l'avait bercée comme si elle avait été une petite fille. Jamais un homme ne lui avait procuré un tel bien-être. Même pas son père. Jamais. Enfant, elle était déjà une grande fille qui prenait soin des autres.

Bien plus, elle le sentait flatté qu'une femme de son âge s'intéresse à lui. La veille, après le dernier set, il était venu la retrouver comme un zombie et il avait appuyé sa tête sur son épaule comme s'ils avaient été amants depuis de longues années. Pauline s'était alors rappelé la chanson de Marianne Faithful et elle s'était dit qu'elle n'aurait pas à monter sur le toit de la maison comme Lucy Jordan le faisait dans le dernier couplet. Près de son petit Italien qui dormait, elle s'était imaginée en balade dans une auto sport à Paris, un vent doux dans les cheveux. Tu vois, Lucy Jordan, il ne fallait pas désespérer, il aurait fallu continuer la chanson, éternellement, rêver de te balader à Paris ou à Montréal, réarranger les fleurs du salon ou les fleurs du tapis, ne pas abandonner, jamais.

Carlo Frascati (elle se rappelait avoir bu un vin blanc qui portait ce nom autrefois quand elle était allée en Italie avec Gilles) habitait un petit studio rue de la Visitation au sud de la rue Ontario. Ils y étaient entrés vers une heure du matin après avoir titubé en montant l'interminable escalier intérieur. Au deuxième étage, il n'y avait qu'un petit palier. Ils en avaient profité pour s'embrasser, et tout de suite ils avaient enfilé l'escalier tout droit vers le troisième étage. On aurait dit une cage de funiculaire.

Ils avaient tant bu et tant fumé que Pauline ne s'était pas aperçue du grand désordre de l'appartement.

19

À peine arrivés, ils s'étaient affalés sur un matelas à même le plancher de planches brutes et il l'avait déshabillée avec frénésie. Sa langue avait fait son chemin, habile, preste. Elle lui avait demandé d'arrêter un peu, que la jouissance se répande comme un bon vin. Elle n'avait jamais éprouvé ce plaisir pointu qui titille le ventre et qui remonte jusqu'aux tempes. Carlo s'essouffla et se rassit.

Il leur restait un joint qu'ils avaient pris le temps de fumer à deux, sans dire un mot, en se regardant dans les yeux, en s'envoyant mutuellement la fumée dans la bouche. Un shot gun, comme ils disaient. Puis ils étaient retombés sur le matelas, fous d'alcool, de mari, de musique, de désir. Il l'avait pénétrée longuement, avait semblé jouir à son tour pendant qu'elle se pliait dans un orgasme profond et rond. « Ça existe, se disait-elle, ça existe vraiment. »

Ils avaient dormi quelque temps avant de tout recommencer. Elle était épuisée de plaisir. Carlo était tombé dans une sorte de coma, mais Pauline avait longtemps combattu le sommeil de peur de perdre une seconde de ce voyage à travers un corps neuf. Puis une faible lueur de jour s'irisa dans une fêlure des carreaux et un sommeil lourd avait fini par la gagner elle aussi.

Quand elle s'était levée, il avait voulu la reprendre une dernière fois avant qu'elle parte. Elle avait commencé par refuser.

— Il faut que je rentre. Mon mari a dû penser que j'ai dormi chez Réjeanne, mais quand il va arriver au travail, elle va lui dire que j'étais pas chez elle. Il va téléphoner au journal. J'y serai pas et il va partir à ma recherche.

— Oune minute encore. Come on, tou as toute perdou anyway.

— T'as raison.

— Quand est-ce qu'on va dans ta pétite maison au fond d'un rang?

— Le problème, c'est qu'on ne peut pas y aller l'hiver. La maison est loin de la grande route et il faut tout déneiger.

— On peut marcher, on peut pelleter.

— Tu es fou, il fait encore trop froid.

— C'est presque lé mois dé mars, il fait plus froid.

— Là-bas, il fait encore pas mal froid, c'est le plein hiver. Puis il faut que je travaille, j'ai mes enfants.

— Tou as des vacances, non? Et oun mari qui peut en avoir soin dé tes enfants?

— C'est bien vrai. Mais je sais pas... je sais pas comment il va réagir. J'ai jamais fait ça, partir comme ça.

Pendant qu'ils discutaient, il lui avait préparé un café au lait regorgeant de mousse. Il utilisait une machine à espresso toute nickelée dont le luxe contrastait avec le délabrement de son une-pièce dépourvu de meubles, de rideaux, de porte de salle de bains, de garde-robe. Il avait fait griller du pain sur un petit réchaud de camping. Il avait cherché la confiture, l'avait trouvée derrière un monceau d'assiettes et de tasses, et il en avait minutieusement tartiné le pain grillé en faisant sautiller ses doigts pour ne pas se brûler. Il avait disposé son petit-déjeuner sur un plateau en fibre de verre ébréché et le lui avait porté sur le matelas. C'est ainsi qu'il l'avait convaincue de rester encore un peu. Elle n'avait pas fini de boire son *caffè con latte* qu'ils avaient fait l'amour à nouveau dans le soleil qui inondait les draps tout chiffonnés.

Puis elle avait cherché ses vêtements dans le fouillis. Avec lenteur, Carlo lui avait ouvert la porte et elle avait eu le vertige en plongeant dans la cage d'escalier étroite. Elle avait descendu une à une les marches craquantes avec la certitude qu'elle s'enfonçait dans un puits profond, qu'elle franchissait une à une toutes les frontières qu'elle s'était érigées au fil des ans. La rue de la Visitation devenait son pays. Elle serait prête à affronter une armée de maris et de préjugés. Sa Lada grise était toujours là, au coin de Beaudry et Maisonneuve, là où elle l'avait laissée la veille, une contravention pincée sous l'essuie-glace. Cela ne l'avait pas empêchée de dégivrer le pare-brise en chantant. Puis elle avait fini par la faire démarrer et elle s'était dirigée vers Montréal-Nord comme si elle avait été au volant d'une décapotable à Paris.

LA DOUBLE VIE

Pauline était toujours devant sa bay-window, toute chaude encore des caresses de cet étranger qui avait roucoulé dans son oreille toute la nuit. Elle palpa ses mains, ses doigts, un à un. « Parce que je ne sens rien du tout. » Un rayon de soleil poussiéreux faisait briller le petit duvet blond sur ses phalanges. La panique était là, tout près, qui voulait bondir sur Pauline. Elle replaça le tapis d'un geste bref, comme pour repousser sa peur, et elle reçut sur ses genoux le chat qui se dégelait enfin et qui se mit à ronronner.

Gilles arriverait vers quatre heures. Comme tous les jours, Pauline ferait semblant d'écouter ses histoires d'élèves, de maîtresses et de concierges. Puis ils se mettraient à table, et viendraient les informations à la télé. Elle ne dirait pas un mot. Gilles continuerait de parler pendant les reportages, mais elle ne l'écouterait pas, parce qu'elle s'intéressait davantage aux nouvelles à la télé. C'était un peu son métier. Oh ! Elle n'était pas une vraie journaliste, mais elle travaillait comme secrétaire dans un journal de quartier, *L'Étoile de Montréal-Nord*. En fait elle faisait presque tout dans ce journal : elle répondait au téléphone, elle corrigeait les textes des autres, rédigeait des petites annonces. Le local dans lequel elle travaillait était labyrinthique et mal éclairé, et seules les piles de journaux qui longeaient les murs donnaient l'impression qu'il s'agissait d'une salle de rédaction. C'était un journal de quartier sans envergure, mais elle s'y sentait un peu comme chez elle. Parfois son patron, monsieur Lafontaine, lui demandait d'écrire des petits articles quand un de ses deux journalistes s'absentait. Elle bouchait les trous.

Gilles ferait donc exprès de parler le plus possible pendant les informations. Ensuite il se tairait. Les yeux fixés sur le pin rouge, Pauline se disait que la télévision avait été inventée pour meubler les existences à deux étages. Tout ce qui n'arrive jamais, on peut le voir sur l'écran de la télé en mangeant ses spaghettis. Les débuts de soirée à la maison étaient comme autant de boîtes de conserve qu'on ouvre machinalement.

Après les nouvelles, elle n'aurait même pas besoin d'aider les enfants à finir leurs devoirs; leur père s'en chargeait. Vers neuf heures, à l'heure où Ariane et Manuel se couchaient les soirs d'école, elle monterait causer un peu avec eux. Ses enfants étaient des anges, tout le monde le lui répétait. Elle leur dirait bonsoir et elle descendrait retrouver Gilles déjà installé devant la télé, bière à la main. Elle resterait avec lui quelques minutes, puis elle sortirait avec sa copine Réjeanne, comme presque tous les soirs. Gilles ne se méfiait pas, parce qu'il avait confiance en Réjeanne, qui enseignait en deuxième année à son école.

Pauline considérait Réjeanne non pas comme une très grande amie, mais comme une complice de bar. Les soirs fastes, elles rencontraient des hommes et partaient chacune avec son chacun, sans tambour ni trompette, des condoms dans leurs sacs à main. Réjeanne avait une grande qualité que Pauline appréciait beaucoup : elle était discrète. Pauline était certaine que jamais elle ne disait un mot de ce qui se passait à Gilles, même si elle le côtoyait au travail et qu'il lui posait des questions.

Réjeanne avait acquis une sorte de carapace en persistant à ne pas s'attacher à un seul homme. Elle ne voulait surtout pas se marier, c'était clair pour elle. Elle intriguait tout le monde, Réjeanne, même Gilles qui, en tant que directeur, avait l'habitude de regarder de très haut ses enseignantes. Réjeanne imposait le respect par son esprit d'indépendance.

Habituellement, Pauline rentrait chez elle vers une heure du matin et allait s'allonger près de Gilles qui ronflait. Il la questionnait beaucoup sur son emploi du temps au travail, mais très peu sur ses sorties avec Réjeanne. On aurait dit qu'il ne pouvait pas s'imaginer sa femme le tromper en présence de Réjeanne. Et il appréciait beaucoup que Pauline soit là, avec son tablier, à l'heure du souper. Il se sentait immunisé.

De quoi tu te plains, Pauline Cloutier alias Lucy Jordan ?

Depuis plusieurs années, ils ne faisaient presque plus l'amour. Ah ! il y avait quand même les grandes occasions : Noël, les vacances. Dans ses aventures extra-conjugales, elle avait récolté une ou deux vaginites qu'elle avait eu amplement le temps de soigner entre leurs rapides ébats conjugaux. Elle faisait toujours attention, offrant un préservatif à chacun de ses nouveaux partenaires. Mais deux fois sur trois, le partenaire se montrait récalcitrant et elle remettait son latex dans son sac à main. Le désir prenait le dessus, toujours, et elle s'en repentait le lendemain. Et puis Gilles avait peut-être une maîtresse. Mais ils n'abordaient jamais la question. Leurs conversations tournaient plutôt autour des enfants, du travail, des rénovations, de leurs parents et des vacances d'été.

Gilles disait que Réjeanne était jolie avec ses grands yeux pers, son abondante chevelure rousse et frisée, sa taille fine et son élégance. Il ajoutait avec un sourire en coin qu'il ne la croyait pas quand elle s'affichait comme célibataire endurcie.

— Elle dit qu'elle veut rien savoir des hommes. Au fond elle aimerait bien ça se marier, avoir des enfants comme toi, Pauline.

— Non, j'crois pas, Gilles. Elle passe son temps à dire qu'elle aime pas les bébés. Pourquoi se marier?

— J'crois pas ça, non plus. Tu devrais voir comment les enfants l'aiment dans sa classe. Ils sont fous d'elle.

Il était vrai aussi que Réjeanne avait souvent gardé Ariane et Manuel du temps où Gilles et Pauline s'offraient encore des petites vacances d'amoureux, et cela malgré sa soi-disant répugnance pour les bébés. C'était une fille vraiment généreuse et il arrivait à Gilles de la citer en exemple : Réjeanne par-ci, Réjeanne par-là. Pauline ne disait pas un mot, riait dans sa barbe : Gilles était bien naïf. La veille, il avait dû penser qu'elle était restée chez Réjeanne à cause du mauvais temps. Il ne se doutait pas un instant de ce qui était arrivé à Pauline Cloutier alias Lucy Jordan.

S'il s'en était douté, il aurait entrepris des recherches beaucoup plus sérieuses. Sa petite femme avait sauté la clôture comme une louve affamée.

Elle avait envié Réjeanne, célibataire libre comme l'air, de rester chez ses hommes d'un soir jusqu'au lendemain. Mais depuis la veille, elle n'avait plus raison de l'envier. Les yeux toujours fixés sur le pin rouge, elle repensait au corps de cet Italien qui l'avait caressée, qui l'avait embrassée, léchée. Tout lui revint à la mémoire, ses yeux de ciel profond, l'odeur d'alcool et de tabac dans sa bouche, comme un parfum viril et vibrant, ses doigts de guitariste fouineur, son sexe comme un i majuscule. À un moment donné, c'en fut trop. Elle s'accroupit dans le fond d'une garde-robe à l'étage, dans le noir, pour pouvoir rêver tout en se faisant jouir. Elle sortit rapidement de son réduit, un peu molle, un peu ivre. Elle titubait. Elle se dit qu'elle devenait folle. Folle. D'un léger coup de pied, elle renvoya à son coussin le chat qui lui frôlait la jambe. Elle chanta *Quand nous ferons l'amour par cœur* plusieurs fois, puis elle alla prendre sa douche. Elle avait besoin de se refroidir les sens avant que la famille ne rebondisse.

Elle ne se sentait plus le cœur gros soudain, contrairement aux derniers mois où un rien pouvait la chagriner, où elle passait des heures sans dire un mot, assise sur le divan ou étendue sur le lit. Gilles proposait alors de prendre des vacances sans les enfants. C'était bien la dernière chose au monde qu'aurait voulu Pauline. Elle avait ses torts, elle aussi. Il faudrait qu'elle les admette un jour, mais elle n'avait pas le goût de faire un examen de conscience trop approfondi. Pas ce jour-là, au lendemain d'une si belle nuit. Elle fit sortir le chien qui s'était mis à japper.

Elle était en sursis ce mercredi-là, en congé de maladie, devant son grand pin rouge qui bloquait le soleil tiède de février. Les hibiscus sur le piano n'en finissaient plus de fleurir et de dresser leurs corolles saumon vers un semblant de lumière. Elle aurait voulu rester ainsi très longtemps, à rêvasser et à fumer cigarette sur cigarette, bien au chaud. Mais elle sentait que son heure approchait. Son heure de vérité. Cela lui donnait le vertige. Elle se roula un petit joint pour diminuer l'angoisse. Il faudrait bien qu'elle retourne au journal le lendemain et que la vie reprenne. En attendant, penser à son aventure de la veille la gardait dans une léthargie qui ajoutait au doux effet du hasch.

Juste avant que Gilles n'arrive, elle s'assit au piano et se mit à chanter à tue-tête *J'ai un amour qui ne veut pas mourir*. La poussière s'était accumulée sur les notes, mais du vieux Heintzman qu'elle avait acheté d'occasion les accords et les arpèges rejoignaient Pauline comme des amis fidèles. Vers quatre heures et quart, elle vit Gilles descendre de la voiture, traînant les enfants derrière lui. Elle se leva brusquement et courut dans la salle de bains. Elle jeta son joint en vitesse dans les toilettes et vida le reste de sa bière dans le lavabo.

Et il arriva ce qui devait arriver.

LE RETOUR

Fini les folies. Elle avait à peine eu le temps de revenir au salon que les enfants entraient en trombe avec Gilles. Elle se figea et garda son calme. Elle embrassa les enfants qui la regardèrent à peine avant de se ruer sur le frigidaire.

Il lui vint tout à coup à l'idée qu'elle n'avait pas pris les enfants dans ses bras depuis très longtemps, que l'odeur de leurs joues rougies par le froid lui manquait. Gilles ne lui adressa pas la parole. Après être allé se chercher une bière, il revint s'asseoir au salon. Les enfants jouaient déjà au Donkey Kong avec leur Coleco tout en grignotant une pointe de pizza froide. Pauline avait l'impression d'être une simple figurante dans une pièce de théâtre : elle ne jouait plus de rôle, elle venait de changer de camp.

Elle s'isola dans la cuisine pour peler des pommes de terre qu'elle fit ensuite bouillir, sans y penser, la tête vide. Elle s'agitait autour de la cuisinière, faisant des gestes comme si elle avait été téléguidée par des années de routine. Puis elle s'entendit dire bien malgré elle : « Gilles, viens dans la cuisine, faut que je te parle. »

Il arriva après trois interminables minutes. Il semblait ennuyé. Il avait peut-être deviné ce qu'elle allait lui dire. Pauline avait les joues en feu et le sang lui affluait aux tempes.

— Je pars demain matin.

— Quoi?

— Je pars demain matin.

— Où tu vas?

— Je sais pas encore, mais je m'en vais.

— Tu veux dire que tu pars, pars... Ou tu pars en voyage?

— Tu as bien compris, je pars, pars... Et pas en voyage du tout.

— Et les enfants?

— Crie pas si fort. Les enfants ont aussi un père. Tu peux t'en occuper sans moi et je peux m'en occuper même si je suis pas avec toi.

— Qu'est-ce qui te prend? T'es devenue folle ou quoi?

— Peut-être, mais j'en peux plus.

Il était atterré. Il s'assit à table et déposa sa bière. Ses lèvres tremblaient et on aurait dit qu'il essayait de pleurer. Il n'y arrivait pas. Elle pensa qu'il n'avait jamais pleuré de sa vie; puis elle fondit en larmes, elle qui avait l'habitude des raz-de-marée. Les enfants accoururent et restèrent silencieux, en retrait devant cette scène dont ils étaient exclus.

Elle détacha son tablier en tremblant, sortit de la maison et monta dans sa Lada. Une fois sur le boulevard Métropolitain, elle se rendit compte qu'elle avait oublié de mettre son manteau et ses bottes. Le printemps n'était pas du tout arrivé et il faisait encore froid. Le chauffage était au maximum, Pagliaro criait à la radio.

Je te dis babe quand tu as mal
Quand tu ne peux plus respirer
Faut trouver la raison qui te fait vivre

Elle fonça vers le sud en direction de la rue de la Visitation. Le soleil se cachait à peine derrière un nuage et semblait la fixer quand elle regardait dans le rétroviseur; il venait de loin, du fin fond du boulevard Pie-IX, du fond de l'île, du nord-ouest de nulle part.

Arrivée chez Carlo, elle grimpa les trois étages et elle frappa à sa porte. Pas de réponse. Elle redescendit dans la rue aussitôt et elle reprit son auto. Elle roula longtemps au hasard dans les rues du centre-ville, naviguant dans la sloche grise et granuleuse. C'était de nouveau Pagliaro à la radio. *C'est comme ça que ça roule dans l'Nord.* Le soleil avait disparu et une neige fine s'était mise à tomber. Elle ne savait plus. Le joint faisait encore un peu effet, mais elle était surtout euphorique à cause du geste qu'elle avait osé faire. Elle n'en revenait pas. Elle roulait, s'arrêtait parfois même aux feux verts. Elle redémarrait alors en trombe quand un automobiliste impatient klaxonnait derrière elle.

Plus tard, beaucoup plus tard, elle aboutit au Zoobar, car elle savait que Carlo devait y chanter ce soir-là. Quand elle entra, elle aperçut Réjeanne, qui se tenait debout près de la porte. L'air effaré, elle se précipita sur Pauline.

—Veux-tu bien me dire ce qui s'est passé? J'ai appelé chez vous comme d'habitude, Gilles m'a dit que t'étais partie « comme une vraie folle ».

Pauline haussa les épaules, lui tourna le dos, se commanda une bière au bar et se dirigea vers la table de Carlo, juste devant la scène. Réjeanne la suivit comme un petit chien. Pauline s'assit, regarda sa copine d'un air vide, tranquille. Plus rien ne pouvait lui arriver.

— Je peux pas t'en parler, Réjeanne. Pas tout de suite.

— Oui, mais tu sais bien que Gilles va me poser des questions.

— Tu t'es toujours bien débrouillée, t'as rien qu'à continuer.

— Pas facile. Je le vois tous les jours, tu sais.

— J'ai confiance en toi, Réjeanne.

— Bon...

Réjeanne enleva sa veste, puis la mit sur les épaules de Pauline.

— Si t'as besoin de moi, tu sais où me rejoindre. Take care.

Pauline détestait qu'on lui dise *Take care* ou *Bonne chance* ou *Fais attention à toi*. Pour elle, ces petites phrases sentaient le malheur à plein nez. Pendant que Réjeanne s'éloignait à reculons, elle se laissa bercer par la voix de Carlo qui lui chantait sa chanson *To Daddy*. Elle flottait sur un nuage de ouate.

Non, plus rien ne pouvait lui arriver.

LA RÉALITÉ

Carlo vint la rejoindre en souriant après son dernier set. Presque pas d'applaudissements, surtout pas de rappel. Les clients du Zoobar qui s'étaient dispersés recommençaient à affluer près du ring pour danser sur des rythmes plus endiablés et plus heavy proposés par le D. J.

— Comment tou vas?

— Très bien, je viens de partir de la maison.

— Tou veux dire partir, partir... laisser ton mari pis toute?

— Oui, c'est tout à fait ça, laisser mon mari surtout. Je me sens soulagée.

Carlo resta silencieux trente longues secondes. Pendant qu'il se dégrisait un peu, il mesurait l'ampleur du désastre.

— Où tou vas rester?

— J'ai pas pensé à ça. Je resterais peut-être chez toi ce soir si tu peux. Rien que pour un soir.

— Ben soûr, mais c'est pas grand chez moi. Pis jé mé couche très tard, tou aimeras pas ça. Toé tou travailles dé bonne heure.

— Un soir seulement, après je m'arrangerai.

— C'est O.K., on s'en va chez moi.

Quand il vit qu'elle sortait dans le froid, vêtue seulement d'une petite veste, il fit un geste pour retourner au bar chercher le manteau de Pauline.

— Laisse, j'ai pas besoin de manteau.

— Mais y fait frette déhors, voyons.

— Je suis partie de la maison comme ça. Sans manteau. C'est Réjeanne qui m'a prêté sa veste.

— La belle fille rousse qui était là hier soir?

— Oui, c'est une bonne copine.

— Mais tou es folle d'être partie comme ça.

— Non, Carlo, je suis pas folle. Je sais ce que je fais.

— Bon, viens-t'en, on va parler.

Ils dévalèrent les escaliers sombres et il l'embrassa dès qu'ils aboutirent sur le trottoir plein de sloche, rue Sainte-Catherine, parmi les prostituées et les spectres nocturnes qui passaient sans les regarder. Les néons clignotaient de toutes les couleurs et les autos les éclaboussaient en passant. Elle ne sentait ni le froid ni l'eau glacée. Elle ne sentait que le feu de ses joues quand ils montèrent dans la Lada.

La rue de la Visitation était tout près, heureusement. En arrivant chez Carlo, après s'être dévêtue, Pauline s'enfouit dans les couvertures qu'elle tapota pour les remettre un peu en ordre. Carlo s'assit au pied du matelas, se roula une cigarette mince comme un joint et resta quelques minutes à la regarder. Il avait l'air un peu apeuré et inquiet.

— T'en fais pas, je vas m'arranger. Il fallait que je le quitte un jour ou l'autre, ça pouvait plus durer. Tu y es pour rien, t'en fais pas.

— Pour rien, pour rien... tou pars lé lendemain qu'on sé rencontre nous deux...

— Y avait longtemps que ça me trottait dans la
tête, mais j'étais paralysée, en état de catalepsie.
Comprends-tu, Carlo, je commence à sentir mes
mains quand je les touche. Je commence à sentir un
petit quelque chose.

Carlo prit les mains de Pauline dans les siennes
et il les embrassa. Puis il releva la couverture et lui
lécha les seins, le corps tout entier, avant de la prendre
et de la faire jouir encore plus que la veille.

Ensuite ils parlèrent doucement. D'eux, de leur
vie, comme le font tous les amants les premières fois
qu'ils font l'amour, se cherchant des points en com-
mun, des repères, un moment de grâce dans l'abandon. À mesure qu'il parlait de sa famille en Italie, de
son père, de sa mère, Pauline s'en faisait une idée
lointaine, une idée d'ancien photo-roman en noir et
blanc. Elle les imaginait très vieux à cause du petit
village perdu dans les montagnes qu'ils habitaient.
Carlo racontait son histoire comme s'il l'avait inventée
à mesure et Pauline se laissa aller à l'écouter, à le
croire sur parole, comme un enfant croit tous les contes.

— Tes parents, ils ont quel âge?

— Ma mamma, un peu plous qué quarante
années. Mon père est plous vieux. Jé pense qu'il a
cinquante années.

— Ils sont à peine plus vieux que moi.

— Mais non, ils sont ben plous vieux. Dans la tête
en tout cas.

— Pourquoi t'es parti de chez vous?

— Jé m'entendais pas avec mon père.

— À cause de quoi?

— Ah! c'est un vieux pourri qui né comprend
rien. Il voulait qué j'étoudie l'agronomie pour

travailler avec loui sur la ferme. J'en ai rien à faire dé ses moutons, dé ses vaches. Jé veux faire dé la mousique. Il comprend rien mon père. Il mé traite dé fifi, dé sans-cœur...

— Comment s'appelle ton père?

— Euh... Marcello.

— Marcello Frascati?

— Euh... c'est ça. Mais tout le monde dit « Cello ».

— Comme « violoncelle » en anglais. Y jouait de la musique, ton père?

— Si, si, c'est un bon musicien, sa seule qualité. C'est loui qui m'a enseigné la guitare. Il jouait aussi dé la mousique à bouche, dé l'accordéon, il chantait des chansons country.

— En Italie? Comment s'appelle ton petit village?

— Cogne. C'est dans le Nord, dans les Alpes, au pied d'une grande montagne qui s'appelle Grand Paradis.

— Wow! Quel beau nom. Y avait de la musique country là-bas?

— Euh... oui. Comme icitte. C'est pétit, mais il y a la télévision quand même.

Ce n'était pas du tout l'idée que Pauline se faisait des Italiens, qu'elle associait à des chanteurs de pomme à la voix ouatée, genre Perry Como. Elle avait aussi vu des films de Sergio Leone, des westerns spaghettis, comme *Il était une fois dans l'Ouest* ou bien *Le Bon, la brute et le truand*. Des films pas sérieux, pas aussi « vrais » que les « vrais » westerns américains. Tous les ingrédients y étaient : les bons, les méchants, les Indiens, les cowboys, la poussière, les fusils, mais on n'y croit pas autant qu'à un film de John Wayne frais rasé.

Carlo parla de sa mère, Giuseppina, dite « Pina », avec plus de chaleur et de tendresse. C'était une institutrice à la petite école du village. Elle avait beaucoup pleuré quand Carlo avait décidé de partir en Amérique.

Là, Pauline s'y retrouvait : les effusions dans les films italiens lors des grands départs. Mais elle arrivait mal à se faire une idée de tout cela. Quand elle était allée en Italie, elle avait visité seulement les grandes villes à musées et à pigeons : Florence, Venise, Rome.

En entendant ainsi Carlo parler de ses parents, Pauline pensa à ses propres enfants. Elle était mère elle aussi ; un jour son fils et sa fille parleraient peut-être d'elle comme d'une mauvaise mère, comme d'une femme qui les avait abandonnés pour suivre un chanteur italien bien plus jeune qu'elle. Ils s'étaient peut-être inquiétés même s'ils faisaient semblant d'être concentrés sur Donkey Kong. Ou peut-être qu'ils n'avaient plus été capables de jouer au Coleco, tant ils avaient été perturbés par son absence. Elle aurait voulu leur téléphoner, leur dire qu'ils lui manquaient, mais sûrement qu'il était trop tard. De plus Carlo n'avait même pas le téléphone. Dommage ! Elle aurait bien aimé appeler Réjeanne aussi. Ou Gilles. Mais non, il ne fallait pas, vraiment pas. Pas tout de suite.

— Pourquoi tou appelles pas ta chum Réjeanne ?

— Je le sais pas. C'est délicat. Tu vois, elle enseigne à l'école de Gilles.

— T'as pas dit à ton mari où t'étais?

— Ben non, pour qui tu me prends?

— Pourquoi t'es partie, alors?

Pauline ne répondit pas. Elle réfléchissait. Elle aurait dû se sentir coupable, se trouver de bonnes raisons. Gilles était possessif en un certain sens. C'est vrai qu'il ne lui posait pas de questions sur ses sorties avec Réjeanne mais, par exemple, il lui demandait constamment ce qu'elle faisait au travail. Elle avait horreur de ces questions parce qu'elle n'aimait pas raconter ce qu'elle faisait : des textes à taper, des fautes à corriger, la cafetière à mettre en marche, des points à mettre sur les i, des petites annonces à rédiger, des mots à ajouter, des phrases illisibles à déchiffrer. Savoir tout faire, le ménage, le courrier et les comptes. Remplacer un journaliste à l'ouverture d'un Dairy Queen. Une job pas très racontable au fond.

— À quoi tou penses, Darling?

— Comment tu m'appelles? Dis-le encore une fois.

— Darling, comme la chanson qué Rénée Martel chante.

— Je la connais par cœur cette chanson-là. C'est une belle toune. La connais-tu?

— Ben oui, mais c'est une chanson dé fille. Tou pensais à ton mari?

— Je sais pas trop quoi te dire. Disons que j'en ai plein le dos de Gilles. J'en peux plus.

— Y a quand même l'air dé penser à toi?

— Pas tant que ça, il écoute à peine ce que je lui dis. C'est d'ailleurs ce qui m'énerve le plus. Il fait semblant de s'intéresser à moi, mais au fond, il se fiche pas mal de ce que je sens. Des fois il me pose une question puis il s'en va dans le salon au beau milieu de la réponse que je lui fais... Ah! pis fuck!

— O.K., O.K., c'est pas dé mes affaires.

Elle se mit à raconter son enfance en Abitibi, ses parents et sa sœur aînée Suzanne, qui avait épousé un médecin de Rouyn-Noranda, mère elle aussi de deux adolescents plus âgés qu'Ariane et Manuel. Son père venait de mourir et les deux sœurs avaient beaucoup discuté à propos du petit héritage. Il avait légué à Pauline la maison de Cléricy, à elle seule, et Suzanne lui en voulait évidemment de cette injustice. C'est pourtant Suzanne, l'infirmière, qui avait pris soin de son père et qui était restée à ses côtés jusqu'à ce que le cancer du poumon ait finalement raison de lui. C'était elle, la bonne Suzanne, qui s'était occupée des funérailles, de l'inhumation. Pauline était repartie à Montréal dès qu'elle avait appris que son père lui avait tout donné. Elle ne lui avait rien demandé, il en avait décidé ainsi. Peut-être parce qu'il savait que Pauline était la moins riche des deux et la seule qui tenait vraiment à la petite maison du rang, qu'elle n'allait pas la vendre, qu'elle aimait trop cet endroit.

Carlo s'était fait donner un peu de coke par un musicien du Zoobar et en sniffa quelques lignes avec Pauline en buvant de la tequila et en suçant des citrons. Tout se fit sur le matelas, il n'y avait ni table ni chaises dans l'appartement. Une lampe tamisée par un carré de soie vieux rose éclairait leurs visages et les murs craquelés. Une grande euphorie les avait gagnés, ils se mirent à danser nus sur une toune des

Doors, toujours la même, *Light my fire*. Puis elle oublia tout, son chien, son mari, son chat, ses enfants. Elle ne pensait qu'à la petite maison de Cléricy, et elle aurait voulu y être avec Carlo à ce moment-là précisément.

Vers sept heures du matin, le jour commença à filtrer. Pauline était triste. Il valait mieux qu'elle rentre travailler, mais elle devait d'abord passer se laver et se changer à la maison.

—Je vais être obligée d'affronter ma vie, mon mari, mes enfants, mon patron. Je suis prise au piège. Jamais je n'arriverai à m'en sortir.

— Tou vas t'en sortir, voyons.

—Je ne suis pas seule, libre comme toi. Sans famille, sans attache, sans enfants, sans travail.

— Toute seul, libre. Tou mé fais bien rire. Toute seul, libre, libre, toute seul. Pas toute seul, pas libre. Ça va ensemble, ç'a l'air.

—Je sais, je sais. Mais il y a une chose qui est bien claire. J'en peux plus. Je peux pas imaginer que je retourne chez moi comme avant, comme si rien s'était passé. Non, c'est impossible. Rien que d'y penser j'ai envie de vomir.

— Wow! C'est quoi dé si terrible dans ta vie, là?

— Rien, rien de terrible, vois-tu, sauf que j'étouffe. Je me sens mourir à petit feu.

Elle se dégagea de l'étreinte de Carlo, qui s'était approché d'elle. Il essaya de la calmer en lui caressant la nuque. Elle commençait à croire qu'elle était réellement devenue folle. Il eut pitié d'elle. Il dut avoir peur qu'elle se jette dans l'entonnoir de l'escalier quand elle sortit précipitamment parce qu'il cria d'en haut depuis la porte restée grande ouverte :

— Darling, viens à soir mé voir au Zoobar !

LA DOCTEURE

Quand elle rentra à la maison, l'odeur des toasts et du café réchauffait encore la cuisine. Tout était encombré sur la table et elle ramassa machinalement les céréales, le lait, la confiture. Comme toujours, la chienne avait l'air contente de la revoir, mais Pauline était trop pressée pour lui faire des façons. Ses réflexes de mère de famille prirent le dessus et, après avoir rangé le lait dans le frigo, elle ramassa les assiettes et les empila sur le comptoir à travers des boîtes de conserve vides. Une bouteille de jus de pommes était restée ouverte. Elle chercha le bouchon sans succès. Elle grogna : « C'est du Gilles tout craché. Il a bien soin des enfants, c'est vrai, mais quand vient le temps de faire la vaisselle ou le ménage, c'est une autre paire de manches. »

Pauline aimait agrémenter la vie quotidienne de ces petites choses qui font ronronner : un peu de rangement, des plantes vertes, des fleurs, de la musique. Mais si elle avait fait le ménage, elle en aurait eu pour deux ou trois heures et elle serait arrivée en retard au bureau. Elle devait se présenter à neuf heures à la salle de rédaction et il était presque huit heures et quart. Répondre au téléphone, offrir le café aux clients, corriger un texte sur un chien écrasé du quartier, quelle perspective réjouissante! Y avait-il au monde chien plus écrasé qu'elle? Elle rangea le jus de pommes dans le frigo en se demandant qui avait bien pu la remplacer la veille. Probablement Blanche, la femme à tout faire de Lafontaine, patron du journal à tout faire. Mais Blanche faisait beaucoup de fautes elle-même, elle était incapable de voir celles des autres. Blanche Lafontaine détestait remplacer Pauline, parce qu'elle disait toujours triomphalement qu'elle n'avait pas besoin de travailler, elle. Que son mari la faisait vivre, elle.

Pauline chassa facilement sa petite angoisse. Depuis deux jours, elle était sur une autre planète, elle n'avait même pas jeté un coup d'œil sur *La Presse* pour voir de quoi il retournait, ni écouté les nouvelles à la radio, ni allumé la télé, ni rien. Elle avait décroché de tout pour mieux rester dans sa bulle, pour rêvasser, vibrer tout entière à la musique. Les disques de Pagliaro, de Marianne Faithful ou de Renée Martel tournaient, tournaient.

Elle monta à l'étage prendre sa douche avant d'aller au travail et elle resta figée devant la chambre des enfants. Les toutous défraîchis, les crayons dispersés, les livres ouverts, les autos de course cabossées, les fusées, les vieilles poupées, tout cet univers allait bientôt être chambardé. Elle imagina la peine des enfants quand ils constateraient son départ, leur cœur lourd, mais aucune larme ne venait. N'importe quelle mère aurait pleuré à sa place. Elle ne sentait aucun regret et c'est ce qui la faisait souffrir au fond. Elle s'étendit sur le lit de Manuel. Cinq minutes, se dit-elle, pour faire le point. Mais elle s'endormit malgré elle.

Le téléphone la réveilla un peu avant midi. Blanche disait que monsieur Lafontaine voulait savoir quand elle retournerait au travail.

— Non... je sais pas.

— C'est la deuxième journée que vous ne rentrez pas, Pauline. Il vous faut un certificat du médecin pour avoir un congé de maladie payé, vous savez.

— Non, je...

Long silence. Très long silence.

— Qu'est-ce qu'il y a Pauline?

— Je sais pas. J'ai plus beaucoup d'énergie.

— Prenez des vitamines, allez voir un médecin, je sais pas...

— Merci Madame Lafontaine, je vais dormir un peu. Je vais peut-être aller travailler demain.

— Tardez pas trop. J'ai d'autre chose à faire vous savez.

— Oui, oui, je sais.

Pauline retourna s'asseoir devant la bay-window. Elle s'alluma une Camel légère. Habituellement elle roulait ses cigarettes, mais quand tout allait mal, elle s'en achetait des toutes faites. Pour l'illusion du grand luxe qui console. Le ciel gris n'amenait que très peu de lumière dans la pièce mais elle voyait quand même toute la poussière sur le piano, des traces de doigts sur l'écran de la télé, les journaux empilés sur la table à café, des trognons de pommes. Elle ne savait plus quoi faire. Elle voulut se lever pour mettre de l'ordre dans le salon, mais elle n'arrivait pas à bouger d'un pouce. « Qu'est-ce que je viens de faire là, qu'est-ce que je viens de faire là? » Un faible rayon de soleil se glissa dans les aiguilles du grand pin, arriva jusqu'à un bouton d'hibiscus qui tardait à éclore. Il fallait qu'elle s'en sorte, elle ne pouvait pas rester éternellement sur le divan.

Elle attrapa le téléphone et appela à l'école pour rejoindre Réjeanne. C'est la secrétaire qui répondit; Pauline raccrocha sans dire un mot. Elle abandonna l'idée de parler à Réjeanne de peur que tout explose. Elle se dit qu'elle devrait aussi appeler sa sœur Suzanne à Rouyn-Noranda, même si elle ne lui avait pas parlé depuis les funérailles de leur père. Elle ne se sentait pas assez d'énergie pour ressasser les vieilles rancunes de famille. Elle verrait Carlo dans la soirée, mais c'est à cet instant même qu'elle aurait voulu être près de lui. « Seule, je suis plus seule que mon chien. » Cette phrase tournait dans sa tête.

Elle aurait aimé ne plus être là. Qu'on l'oublie complètement. Il lui faudrait alors être morte. Elle pourrait mourir à cette minute même, en finir avec tout. Comme dans la chanson de Lucy Jordan. Une petite soupape intérieure s'ouvrit juste assez grand pour qu'elle se ressaisisse et fasse sa toilette. Ensuite elle emplit une valise dans laquelle elle jeta quelques vêtements pêle-mêle. Il lui fallait un certificat médical et, pour l'obtenir, elle décida d'aller voir un médecin sur-le-champ dans une clinique près de chez Carlo.

En traversant le salon, elle jeta un dernier coup d'œil aux hibiscus. Les manettes du Coleco traînaient toujours sur le divan du salon à côté du chat qui dormait. Elle enleva le disque de la table tournante, le rangea et sortit de la maison. Pauline alias Lucy Jordan n'en menait pas large. Elle monta dans sa Lada grise en direction de la clinique médicale, la cassette de Marianne Faithful à plein tube.

Après une demi-heure d'attente vide, à feuilleter de vieux magazines écornés, une voix de matrone l'appela : Pauline Auger. Devant la docteure, elle perdit tous ses moyens et n'arriva pas à expliquer ce qu'elle ressentait, ne se rappelant même pas pourquoi elle était venue à la clinique.

— Où avez-vous mal, Madame Auger?

— Cloutier, Pauline Cloutier.

— Pourtant, sur votre dossier, c'est Pauline Auger.

— Auger, c'est le nom de mon mari. Mon nom à moi, c'est Cloutier.

— Où avez-vous mal, Madame Cloutier?

— À la nuque.

— À la nuque?

— Oui, ma nuque est enflée, je crois, c'est raide... Touchez.

Pauline éclata en sanglots dès que la docteure commença à la palper. Celle-ci s'arrêta aussitôt et attendit quelques instants, en silence, laissant pleurer Pauline. Puis, voyant qu'il était impossible d'endiguer la crise, elle la fit passer dans un petit cabinet adjacent et lui offrit une boîte de kleenex.

— Je reviendrai vous voir dans dix minutes. Pleurez, ça vous fera du bien.

Était-ce parce que quelqu'un lui donnait soudain la permission de pleurer? Était-ce la catastrophe? L'élastique tendu depuis trop longtemps qui se rompait? Pauline laissa libre cours à sa peine. Puis elle se calma, hoquetant comme un bébé après la crise de larmes.

La docteure revint longtemps après, au bout d'une demi-heure peut-être; Pauline reniflait encore, toute repliée sur elle-même, comme un chien qu'on vient de réprimander.

— Qu'est-ce que j'ai à pleurer de même? Excusez-moi, je sais pas ce qui m'arrive.

— L'épuisement, sans doute. Que s'est-il passé?

— J'ai dit à mon mari que je le quittais hier soir. J'ai deux enfants. Je suis pas rentrée au travail. Je sais pas si je serai capable d'y retourner. Je veux revoir mes enfants, mais je veux pas revoir mon mari.

— Pourquoi vous voulez pas le revoir? En avez-vous peur? Est-il violent avec vous?

— Non. C'est ça mon problème, il m'a rien fait, mon mari. C'est un bon gars. Tout le monde le dit. Ça serait plus facile si c'était un salaud. Je sais pas pourquoi je fais ces folies-là, mais voyez-vous, c'est plus fort que moi, je peux pas m'en empêcher. Peut-être que... que... que...

— Quelles folies vous avez faites?

— Ben je suis pas rentrée un soir. J'ai rencontré un autre homme.

— Vous devriez retourner chez vous, je vais vous donner quelque chose pour dormir, vous semblez épuisée.

— Je veux pas retourner chez nous. J'en suis incapable. J'aimerais mieux mourir.

— Avez-vous un endroit où aller, chez vos parents, chez une amie?

— Peut-être chez une amie, mais elle est pas chez elle.

— Pouvez-vous la rejoindre?

— Non, elle enseigne.

— Où?

— Elle travaille à l'école de mon mari, c'est délicat.

— Voulez-vous que j'appelle votre mari pour le prévenir?

— Non, surtout pas.

— Quand même, Madame Auger...

— Cloutier...

— ... je peux pas vous laisser sortir de la clinique dans cet état sans m'assurer que quelqu'un s'occupera de vous. Dites-moi où je peux rejoindre votre amie. Comment s'appelle-t-elle?

— Réjeanne Baril.

Elle lui donna le numéro de téléphone de l'école. Après une longue attente au bout du fil, la docteure put enfin demander à Réjeanne de prendre Pauline chez elle le soir même, jusqu'à ce qu'elle se remette un peu, ce qu'elle accepta sur-le-champ. Puis, au grand désarroi de Pauline, elle lui demanda d'avertir son mari.

— Je vous ai pourtant demandé de pas l'dire à mon mari!

— Calmez-vous, madame Auger.

— Cloutier. Auger, c'est le nom de mon mari. Je vous l'ai déjà dit. Moi, c'est Cloutier. Pauline Cloutier.

— Vous avez l'air d'y tenir à votre nom.

— C'est tout ce qu'il me reste, disons.

— Vous êtes épuisée, madame, allez vous reposer et prenez rendez-vous avec ce psychiatre dès demain matin. À votre place, je me reposerais. Travaillez-vous?

— Oui, dans un petit journal.

— Je vais vous donner un congé de maladie.

— Pensez-vous que c'est vraiment nécessaire?

— Oui. Je vous prescris des tranquillisants en attendant que le psychiatre vous voie.

— Je veux pas prendre de pilules, je déteste les pilules.

— Vous n'avez pas le choix. Voulez-vous rester indéfiniment comme ça?

Elle signa l'ordonnance et griffonna un nom et un numéro de téléphone sur un formulaire. Elle lui donna également un certificat médical qu'elle devait remettre au journal. Diagnostic : état dépressif. Date de retour au travail : indéterminée.

— J'ai congé jusqu'à quand?

— On verra. Vous avez là le nom et le numéro de téléphone d'un bon psychiatre qui vous verra dès que possible. C'est lui qui va déterminer quand vous serez en mesure de reprendre vos activités normales. Faites ce qui vous plaît, gâtez-vous, détendez-vous. Je veux vous revoir dans deux semaines et appelez-moi si ça va pas.

Elle sortit du cabinet, ses papiers dans une main, son sac à moitié ouvert dans l'autre. Une fausse clocharde, voilà ce qu'elle était devenue. Elle ne voyait rien à l'horizon. Valait-il mieux mourir que de rester ainsi à trembler comme une guenille angle Sherbrooke et Cartier? Mais non, il y avait mieux à faire, sans doute. La chanson de Pagliaro lui revint par bribes comme un vieux disque brisé qui reprend sans cesse les mêmes mesures. Elle n'arrivait pas à l'éjecter de son cerveau.

Je te dis babe quand tu as mal
Quand tu ne peux plus respirer
Faut trouver la raison qui te fait vivre

L'ENFER

Elle se sentait incapable de conduire. Elle monta dans un taxi qui attendait au feu rouge. En prenant une grande respiration, elle donna au chauffeur l'adresse de Réjeanne, rue des Érables à la hauteur de Mont-Royal. C'était assez près de la clinique pour s'y rendre à pied, mais elle se sentait abasourdie, sous le choc, dans le grand vide d'une catastrophe qui vient tout juste de se produire.

Quand le taxi la déposa, elle resta plantée devant l'escalier en colimaçon. Réjeanne habitait au troisième étage et il sembla à Pauline qu'elle n'arriverait jamais à monter si haut. Une neige grise et gélatineuse recouvrait le trottoir. Il n'était que trois heures et quart et Pauline estima qu'elle en avait encore pour une heure à attendre Réjeanne. Il ne faisait pas très froid, elle pouvait se permettre de rester un peu dehors.

Elle s'assit sur la troisième marche de l'escalier, juste dans le tournant, s'alluma une Camel. Elle tenta de rassembler ses idées. Qu'est-ce qu'elle faisait là? Tout était silencieux, désert. Personne ne passait sur le trottoir. Elle pensa à ses enfants tout à coup. Elle pensa à Gilles. Pourquoi la vie est-elle ainsi? Si compliquée? Pourquoi ne peut-on aimer sur commande?

Il y a des tas de gens qui le font, qui restent mariés éternellement, beau temps, mauvais temps, pour le meilleur et pour le pire comme ils disent. Pourquoi moi, Pauline Cloutier, ne suis-je pas capable de vivre la vie que je me suis tricotée sur mesure ? Pourquoi ai-je ce besoin irrésistible de souffler sur mon château de cartes, de briser le petit cocon que j'ai mis tant d'énergie à tisser ? Pourquoi... Puis elle pensa à Carlo et il lui prit une brusque envie d'aller le rejoindre rue de la Visitation, ce n'était pas loin. Mais elle resta le derrière vissé à la marche d'escalier.

Un camion de déménagement s'arrêta devant la maison, puis recula lentement en actionnant les clignotants. Les avertisseurs stridents étourdirent Pauline. Elle aurait pu se flanquer derrière en douce, faire semblant de n'avoir rien vu, rien entendu. « Une employée de *L'Étoile de Montréal-Nord* a succombé à ses blessures à la suite d'un accident rue des Érables en plein cœur de l'après-midi. » C'est ce qu'on lirait dans le journal le lendemain, à côté des chiens écrasés. Comment cette mère de famille de trente-sept ans s'était-elle retrouvée derrière le camion alors que la voie semblait libre ? Les mots de *La Ballade de Lucy Jordan* tournaient dans sa tête.

Pauline commença à grelotter. L'idée lui vint de se promener un peu, de patauger dans la sloche grise, de faire quelque chose en attendant. Aller chez Val-Mont au coin, regarder les fruits et les légumes. Ou chez Ro-Na, poireauter devant les ustensiles de cuisine et les fleurs artificielles. Mais elle n'arrivait pas à bouger. Des enfants revenaient de l'école. Les siens, ses enfants, Ariane et Manuel, que pensaient-ils d'elle ?

Ils devaient la détester. Sa place était auprès d'eux. Pourquoi ne pas retourner à Montréal-Nord sur-le-champ, remettre son tablier, faire le ménage, faire le souper, écouter les nouvelles à la télé pendant que Gilles prendrait sa petite bière? Vite retourner à la maison, bien mère, bien épouse et bien sage. Rayer de ses pensées ce petit chanteur country italien qui lui faisait virer les sangs. Écouter sa docteure.

Son auto était restée près de la clinique rue Cartier. Il fallait se relever, marcher jusque-là, retourner chez elle. Il suffirait de le vouloir et, en une seconde, tout serait réglé. Mais elle resta collée là, sur la troisième marche de l'escalier, à vouloir faire des choses impossibles. Si elle appelait les enfants, elle tomberait sur Gilles. Si elle allait rejoindre Carlo, elle ne reverrait plus les enfants. Elle marchait dans un long tunnel qui se rétrécissait, dont elle ne pourrait plus jamais sortir. *At the age of thirty-seven.* Toujours, la voix de Marianne Faithful s'éraillait dans sa tête.

La petite Toyota bleue de sa copine arriva en trombe finalement; Réjeanne n'était pas seule : Gilles l'accompagnait et Pauline eut envie de prendre ses jambes à son cou et de se sauver, mais elle resta là, figée comme une gélinotte devant un fusil de chasse. Elle ne bougeait pas, elle attendait sans respirer presque.

Gilles vint s'asseoir près d'elle sur la marche de l'escalier, passa son bras autour de ses épaules en essayant d'être tendre, très tendre.

— Qu'est-ce qui se passe, ma petite Pauline?

— Laisse faire la « petite Pauline », veux-tu?

— Réjeanne m'a dit que t'étais malade. Fallait m'en parler.

— Je suis pas malade. Je t'ai dit que je voulais me séparer de toi.

— Qu'est-ce qui te prend? T'es pas sérieuse. La « petite » comédie a assez duré, tu trouves pas? J'ai même été obligé de demander à la secrétaire de reconduire les enfants à la maison.

— C'est pas si grave.

— Réfléchis un peu, maman, voyons.

— Imagine-toi que je fais juste ça, réfléchir. Pis je suis pas ta mère.

— Voyons, voyons. Gâche pas tout. Regarde les côtés positifs, sois pas si pessimiste. Les enfants sont en bonne santé. Tu fais un travail intéressant. On a une belle maison à Montréal-Nord, un chien gentil, un chat. T'as aussi une très bonne amie...

— Je vais rester ici chez Réjeanne quelques jours. La docteure a tout arrangé ça avec elle.

— Je sais, elle m'en a parlé, mais ça a pas de bon sens. Pense aux enfants.

— Je veux pas aller à la maison. Je veux rester chez Réjeanne.

— Non, non, pas question, tu reviens chez nous.

Réjeanne sortit et vint s'asseoir près de Pauline. Gilles se leva.

— C'est ça. Parle-lui, Réjeanne.

Réjeanne ne dit pas un mot. Pauline se mit à pleurer et Réjeanne lui passa le bras autour des épaules. Une éternité de silence. Gilles restait debout devant les deux filles. Pauline finit par hoqueter et chercha un kleenex dans ses poches. Elle en sortit plusieurs, tous aussi en tapons et mouillés les uns que les autres. Réjeanne lui en offrit un tout propre.

— T'es épuisée, Pauline. Il faut que tu te reposes. Viens, je vais t'aider, je vais te ramener. Gilles va rentrer avec ton auto. Je te laisse pas tomber.

— Je pensais jamais que tu l'amènerais avec toi.

— J'avais pas le choix, c'est lui qui a insisté. Il était vraiment inquiet, tu sais.

— J'veux pas retourner chez nous.

— Donne-toi du temps pour réfléchir.

— O.K., à condition que tu viennes habiter chez nous quelques jours au moins.

— Ben oui, Pauline, ben oui. Je vais monter à la maison chercher mes affaires. Ça va aller comme ça?

Réjeanne grimpa les escaliers et s'enferma chez elle quelques minutes. Pauline, toujours assise sur la troisième marche, se murait dans son silence. Gilles commençait à s'agiter.

— T'es vraiment malade, Pauline.

— Gilles, j'ai oublié un détail hier soir : j'ai un amant.

L'EXPLICATION

À ce moment précis, Réjeanne sortait de chez elle. Gilles était devenu de marbre, les yeux vides de colère. Il se tourna vers Réjeanne et prit une grande respiration. Les sons s'étranglèrent deux fois dans sa gorge avant qu'il ne réussisse à parler.

— Tu étais au courant, Réjeanne?

— Au courant de quoi?

— Pauline a un chum.

— Euh... non. Pas vraiment...

Ses yeux interrogèrent ceux de Pauline, qui apostropha Gilles.

— Voyons donc, Gilles. Comment tu veux que Réjeanne soit au courant?

— Ben, vous sortez souvent ensemble toutes les deux.

— Achalle pas Réjeanne avec ça. Elle a rien à voir là-dedans. Viens-t'en Réjeanne.

Réjeanne déposa son baise-en-ville sur la banquette arrière de son auto. Elle prit le volant, Pauline s'installa près d'elle et referma la portière. Gilles était paralysé sur le trottoir. Réjeanne se pencha vers Pauline, baissa la vitre et cria :

— Embarque, Gilles. Qu'est-ce que t'attends?

Il sortit de sa torpeur et vint s'asseoir sur la banquette arrière. La rue était pleine de voitures jusqu'à

Gauthier. Pauline aurait dû prendre ses jambes à son cou, filer, tourner à droite jusqu'à la rue de la Visitation, tourner à gauche, monter trois étages, se réfugier chez Carlo. Le trajet, elle l'avait mille fois dessiné dans sa tête. Elle n'aurait qu'à presser un bouton et tout s'éclairerait comme un itinéraire de métro à Paris. Elle ne fit rien de tout cela. Gilles ne parlait pas. Réjeanne se retourna vers elle.

— Pauline, où t'as mis ton auto exactement?

— Pas très loin de la clinique. J'sais pas trop où.

Réjeanne démarra brusquement. Roger Laroche, à la radio, annonçait que l'accès au pont Jacques-Cartier était bloqué, que toutes les artères étaient congestionnées vers le sud. Réjeanne tricota pendant quelques minutes dans les rues avoisinantes à la recherche de la Lada grise. Quand elle la retrouva finalement, elle descendit de sa voiture et ouvrit la portière à Gilles qui se dirigea vers l'auto de Pauline. Il rebroussa chemin aussitôt.

— Peux-tu me donner tes clés, Pauline?

Pauline fouilla dans son sac en vain.

—Je les trouve pas, elles sont peut-être dans l'auto.

— Ça part bien!

Gilles soupira et retourna vers l'auto de Pauline. En effet, les clés étaient restées sur le contact; la voiture démarra sur-le-champ et disparut presque aussitôt. Réjeanne attendit quelques instants.

— Crisse, Pauline, veux-tu bien me dire ce qui t'a pris de lui dire que t'avais un amant?

— Tu sais ben qu'il aurait fini par le savoir de toute manière. Autant crever l'abcès.

Pauline avait le menton enfoncé dans son manteau et fixait le tableau de bord. De temps à autre, elle sentait que Réjeanne jetait un coup d'œil dans sa direction. Mais elle ne broncha pas.

— Pourquoi tu veux rien me dire ? T'as peur que je parle à Gilles ? Qu'est-ce que tu vas faire, maintenant ?

— Je veux me séparer, Réjeanne. J'en peux plus.

— C'est pas nécessaire de chambarder toute ta vie pour si peu. T'aurais pu continuer à voir ton petit Italien, Gilles s'en serait même pas aperçu. Je connais plein de filles mariées qui ont un amant.

— Ben moi, j'ai pas envie de jouer sur deux tableaux.

— Pourtant ça fait longtemps que tu couches à droite et à gauche. T'étais pas aussi scrupuleuse avant.

— Avec Carlo, c'est pas pareil. J'ai envie de rester avec lui.

— Carlo est d'accord avec ça ?

— Pas encore, mais ça va venir.

— À ta place, je ferais bien attention.

Quand, enfin, elles arrivèrent rue Pigeon, la Lada était déjà dans l'abri d'auto. Réjeanne entra la première et, comme si de rien n'était, dit bonjour aux enfants qui jouaient au Coleco dans le salon. Ariane et Manuel se retournèrent en même temps et virent leur mère toute pâle, l'air abattu. Leurs visages se figèrent et ils ne répondirent même pas aux salutations de Réjeanne, eux qui l'avaient pourtant toujours considérée un peu comme une matante gâteau. Seule la chienne Mélusine était de bonne humeur et rôdait autour de Pauline en agitant la queue.

— Votre mère est malade, elle va se coucher. Il faudra que vous soyez gentils, les enfants.

— Qu'est-ce qu'elle a?

— Elle est épuisée.

— C'est une maladie, ça?

Gilles se montra à la porte du salon. Il avait l'air furieux, prêt à éclater. Réjeanne offrit à Pauline de l'aider.

— Ça va, Réjeanne, je peux me débrouiller toute seule. Reste avec les enfants.

Elle monta rapidement car elle ne voulait pas parler à Gilles. Elle avait juré de ne plus remettre les pieds chez elle et voilà qu'elle mettait sa robe de nuit, fermait les rideaux, brossait ses mèches blondes toutes rebelles et s'installait pour dormir à cinq heures de l'après-midi pendant que Gilles et Réjeanne allaient préparer le souper.

Gilles avait essayé d'être parfait en toutes circonstances, discipliné comme un soldat de banlieue : les entrées déblayées l'hiver, les herbicides ou les engrais tel que stipulé sur le mode d'emploi au printemps, la dose exacte de chlore dans la piscine l'été, les aubaines de sacs de poubelles chez Canadian Tire l'automne. Rien ne lui échappait. Et il venait de ramener Pauline à la maison comme on ramène un caniche après une longue promenade sous la pluie, à qui on ordonne de rester sur le paillasson, le temps qu'il sèche ses poils.

Gilles prétendait toujours que tout allait comme sur des roulettes. Dès qu'un problème se présentait, il s'empressait de le tasser sans vraiment le régler. C'est ce qui enrageait Pauline, entre autres.

LA RECHUTE

Pauline passait ses journées dans *leur* chambre qui était devenue *sa* chambre parce que Gilles ne dormait plus avec elle. Elle ne lui avait rien demandé, mais il avait rapidement compris. Quand il l'approchait à moins d'un mètre, elle se hérissait. Même les fleurs des draps exaspéraient Pauline. Et que dire des enfants, du chien, du chat? Le moindre bruit devenait une explosion de dynamite. Heureusement que tout le monde partait à l'école le matin et n'en revenait que le soir.

Elle alla voir deux fois le psychiatre, qu'elle trouvait absolument inhumain et incompétent. Quand elle s'assoyait devant lui, elle avait l'impression d'être devant un miroir qui reflétait son image de femme coupable et épuisée. Ses idées étaient floues comme un paysage lointain qu'on regarde à travers des jumelles mal ajustées.

— Vous faites du bon travail.

Pauline se demandait comment il pouvait dire une chose pareille après une seule consultation, étant donné qu'elle ne lui avait rien dit, se contentant de pleurer à chaudes larmes.

— Vous faites du sacré bon travail pour vous détruire.

C'est ainsi que s'était passée la première demi-heure. Et clic-clac sur la castonguette. « Vous faites du bon travail. » Elle retourna chez elle en taxi en ruminant la petite phrase : « Bon travail. » Se détruire comme Lucy Jordan, *at the age of thirty-seven...*

Le psychiatre ne dit rien pendant la deuxième séance. Ni Pauline, qui pleura seulement une vingtaine de minutes cette fois-là. Puis après un silence de dix minutes aussi long qu'une grand-messe : clic-clac. Pauline se dit qu'il aurait pu au moins lui demander comment elle se sentait. Elle avait l'impression que s'il lui avait posé une seule question, il se serait passé quelque chose. Mais non, motus.

Les Surmontil qu'il lui avait prescrits la rendaient somnolente. Ces antidépresseurs étaient censés faire effet après une quinzaine de jours. Les premiers jours, Pauline dormit beaucoup tout en s'enfonçant dans une tristesse sans fin. À toute heure, sans savoir pourquoi, elle sentait venir des larmes du bout du monde qu'elle n'arrivait pas à endiguer puis, épuisée comme un nourrisson au bout de ses pleurs, elle tombait dans un sommeil de plomb. Pauline projetait toujours d'aller chez Réjeanne, mais Gilles, chaque fois, réussissait à la convaincre de rester encore. Au bout de deux semaines de ce régime, elle se sentait toujours aussi déprimée et sans entrain. Elle pensait souvent à Carlo mais elle n'avait pas la force de l'appeler. Réjeanne essayait du mieux qu'elle pouvait de lui remonter le moral : « Tu devrais pas te tuer pour c'te ch'nille à poil là, Pauline. » Cela ne faisait qu'attiser son désir de revoir Carlo.

Gilles entourait Pauline d'attentions. Il lui montait des repas à même ceux qu'il avait préparés pour les enfants. Il s'était résigné à faire le ménage, la vaisselle. Pauline nageait entre le rêve, l'angoisse et la réalité, ce qui ne l'empêchait pas de se rendre compte de tout ce que Gilles faisait pour elle. Réjeanne n'était restée qu'un soir, mais elle passait chaque jour voir Pauline et donner un coup de main. Juste avant de rentrer chez elle, elle retournait dans la chambre de Pauline, causer un peu avec elle.

— Vois-tu Carlo des fois, Réjeanne?

— Non, Pauline. Je sors presque plus. C'est moins drôle toute seule.

— En tout cas, si jamais tu le vois...

— Quoi?

— Ah! rien, laisse tomber.

Pauline n'avait plus très envie de se confier à Réjeanne ni à personne. Carlo lui manquait, il devait se demander ce qui était arrivé, mais il n'avait pas le téléphone. Impossible de le rejoindre et même si elle avait voulu prendre son auto pour aller chez lui, elle n'aurait pas pu : Gilles avait caché ses clés. Elle les avait souvent cherchées, mais sans les trouver. Elle n'osait pas les lui demander car elle savait très bien qu'elle n'avait pas le droit de conduire à cause des médicaments qu'elle prenait. Elle aurait aimé revoir sa docteure, ne serait-ce que pour avoir la permission de conduire à nouveau. Elle voulait cesser ses visites chez ce psychiatre qui ne lui disait rien du tout. Pas un mot. Une demi-heure de silence bien payée. Clic-clac, c'est tout.

Elle retourna dans son lit et passa le reste de la journée à tenter d'endiguer les pensées qui se bousculaient dans son cerveau. Elle ne pouvait pas rester ainsi bien longtemps encore, il fallait qu'il se passe quelque chose. Et Carlo. Qu'était-il advenu de Carlo? Elle ne devrait plus penser à lui. Il fallait qu'elle reprenne pied : retourner au travail, ne plus sortir, se mettre à aimer Gilles qui était un bon mari au fond, mieux s'occuper de ses enfants, être une bonne épouse, une bonne mère, comme tout le monde. Mais elle n'avait pas fini de formuler sa ferme résolution que la voix de Carlo se mettait à chanter dans sa tête, chaude et envoûtante : *I've already loved you in my mind.*

Elle décida de téléphoner au Zoobar. « Je n'ai rien à perdre. » Une voix traînante lui répondit que Carlo ne chantait plus là, que son contrat était terminé, qu'on ne l'avait plus revu depuis au moins une semaine. Elle retourna au lit, allongea les couvertures par-dessus sa tête et essaya encore une fois de stopper les chansons qui tournaient dans son cerveau. Elle aurait voulu enlever l'aiguille du disque, mettre le tuner à off. Rien à faire. À bout de force, elle prit un somnifère et elle finit par se rendormir.

Le lendemain Gilles lui annonça qu'il avait pris rendez-vous pour elle chez sa docteure, qu'un taxi l'attendrait devant la porte vers deux heures. Elle devait donc être prête. Sortir du lit lui sembla toute une expédition. Mais elle ramassa ce qui lui restait d'énergie et réussit à prendre sa douche, à s'habiller tant bien que mal, à se maquiller un peu même. Elle tenait à faire bonne figure, car elle voulait que la docteure lui accorde la permission de reprendre sa Lada. Mélusine la suivait sur les talons l'air toute contente, croyant qu'elle l'amenait au parc faire sa promenade.

À deux heures pile, le taxi klaxonna.

— Rue de la Visitation, s'il vous plaît.

— Vous voulez dire rue Cartier, c'est là que votre mari m'a dit que vous alliez.

— Vous avez raison, rue Cartier, angle Sherbrooke.

Elle avait dit « rue de la Visitation ». Cela avait été plus fort qu'elle. Elle aurait pu insister auprès du chauffeur. Elle brûlait de revoir Carlo, mais elle ne voulait pas avoir d'ennuis avec Gilles.

Dans la salle d'attente, elle eut le temps de feuilleter de vieux *Paris-Match* qui racontaient les péripéties de Stéphanie et Caroline de Monaco, les amours de Charles et de Lady Di. Sur une page, il y avait les photos de toutes les maîtresses de Charles avant qu'il promette d'épouser Diana. Elle lut attentivement les légendes des photos. Les diadèmes, les robes du soir des grands couturiers. Les yeux drogués de Stéphanie. Elle eut le temps de lire jusqu'au bout un reportage sur la répression en Pologne, sur l'épouse ordinaire de Walesa seule avec ses six ou sept enfants. Dans les pages suivantes, Imelda Marcos entourée de sa famille annonçait qu'un prétendant de sa fille avait mystérieusement disparu pour une raison inexpliquée mais qu'on devinait : il n'avait sûrement pas assez d'argent pour entrer dans la famille.

Finalement on l'appela. Madame Pauline Auger. En entendant son nom de femme mariée, elle eut la chair de poule. Il était temps qu'elle reprenne son nom de jeune fille. Il lui faudrait faire enlever le nom de son mari sur sa carte-soleil, changer son nom sur son permis de conduire, sa carte Visa, mettre son compte en banque au nom de Pauline Cloutier.

— Comment allez-vous?

— Très bien.

— ...

— Pas si bien que ça... Même pas bien du tout, je dirais. Je dors tout le temps. J'arrive pas à faire quoi que ce soit. Mon mari a caché les clés de l'auto. Je me sens prisonnière.

— Vous êtes retournée à la maison? Vous ne deviez pas habiter chez votre amie?

— Mon mari a jamais voulu. Mais c'est pas si grave, Réjeanne vient me voir tous les jours, donner un coup de main, jaser un peu.

— Qu'est-ce qui ne va pas, alors?

— Je voudrais partir de chez moi, je pense juste à ça.

— Où voudriez-vous aller?

— En Abitibi. Dans la maison de mon père.

— Vous iriez là toute seule? En auto? C'est loin.

— J'y suis souvent allée toute seule.

— Pensez-vous que vous pouvez conduire?

— Bien sûr.

— Mais ce serait pas bon pour vous, je crois, de rester seule si loin. Vous voyez votre psychiatre?

— J'en ai par-dessus la tête. Y dit pas un mot.

— C'est pourtant un très bon psychiatre, vous devez lui faire confiance.

— Jusqu'à maintenant je lui ai rien dit du tout. Je fais rien que pleurer devant lui.

— Il faut que vous soyez patiente, ça peut prendre encore quelques semaines. On va diminuer la dose des tranquillisants. Vous pourrez vous remettre à conduire. Revenez me voir dans quinze jours.

Elle lui donna un autre certificat médical. Date du retour au travail : indéterminée. Clic-clac. Puis bonjour bonjour. Pauline remit son manteau devant tous les patients qui l'observaient en attendant leur tour. Le mot « folle » était-il inscrit sur son front comme une enseigne au néon? Lisaient-ils dans ses yeux qu'elle était folle? Était-elle vraiment dérangée?

LES RETROUVAILLES

Au moment où elle émergea dans la rue, elle aperçut le taxi qui l'attendait à la porte et, sans réfléchir, elle rebroussa chemin pour prendre la sortie de secours à l'arrière du bâtiment. L'air était gras et gris comme avant une giboulée. Par la petite rue Gauthier elle entra dans le parc Lafontaine et, passé l'hôpital Notre-Dame, elle dévala la rue de la Visitation comme si elle avait eu des ailes. Elle grimpa quatre à quatre l'escalier tout noir de chez Carlo.

Elle frappa, pas trop fort. Elle n'entendit rien. Elle essaya la poignée, poussa la porte, puis elle entra en trombe dans l'appartement pour lui faire une surprise. C'est plutôt elle qui eut la surprise : Carlo dormait à poings fermés dans les bras d'une jeune femme qui se redressa dans le lit.

— Carlo, c'est quoi ça?

Carlo se réveilla lentement, ouvrit grand ses yeux de husky quand il aperçut Pauline qui s'apprêtait à s'engouffrer dans l'escalier. Il bondit juste à temps pour la retenir.

— Pauline, où t'étais? Jé t'ai attendoue plusieurs jours. T'aurais doû m'appéler.

— J'étais malade.

— Malade?

— Je te raconterai.

Puis il se tourna vers la jeune fille.

— Cindy, tou nous laisses toute seuls, O.K.? Faut qué jé parle à Pauline.

— C'est-tu ta mére?

— Non, c'est oune amie. O.K., laisse-nous toute seuls.

— Je l'prends pas, Carlo, donne-moi une menute.

Elle mit une éternité à trouver ses jeans et son t-shirt dans le fouillis des couvertures. Elle était tout ébouriffée, mince et très belle. Un peu comme Carlo. Elle trouva enfin ses vêtements. Sa petite culotte était grisâtre et on voyait quelques cicatrices de piqûres sur ses bras. Puis elle enfila sa veste de cuir noire très ajustée et elle ouvrit la porte après avoir jeté un regard d'acier sur le lit défait.

Cindy descendit lentement le long escalier. Pauline compta vingt-quatre marches. Puis la porte extérieure claqua. Carlo s'approcha pour l'embrasser.

— Jé t'ai vraiment attendoue plusieurs soirs au Zoobar. J'étais inquiet, j'avais pas ton nouméro dé téléphone.

— Pourtant, tu m'as remplacée vite.

— Qu'est-cé qué tou t'imagines. Cindy, c'est rien, c'est jouste ma femme, c'est toute.

— Pis t'es marié en plus de ça. As-tu beaucoup d'autres choses comme ça à déclarer?

— On n'est plus ensemble, rien. Jé té joure, jé lui ai dit qué j'étais tombé en amour avec toi et qué j'étais désespéré dé pas avoir de tes nouvelles. Elle a couché icitte parce qu'elle reste loin, c'est toute.

67

— C'est tout? En plein après-midi?

— On s'est couchés bien bien tard. Écoute, Pauline, t'as pas à être jalouse. Jé té joure, y a plous rien entre nous. C'est toute.

— C'est tout?

— C'est rien, viens Darling.

Il lui demanda de s'asseoir près de lui sur le lit. Il lui expliqua doucement qu'il s'était marié en arrivant pour avoir droit aux chèques du bien-être social et qu'il avait habité seulement quelques jours avec sa femme, pour la forme. Il lui avait donné cent dollars en échange de ce service. Les procédures de divorce étaient entamées mais il n'avait pas assez d'argent pour payer les frais. Il la trouvait tellement possessive que même sa sueur avait une odeur de jalousie. Il l'avait plaquée là sans préavis.

— Comme moi, qui viens de plaquer là mon mari.

— Il était jaloux?

— Non, même pas. Pas d'une façon excessive en tout cas.

Puis ils se turent et il la fit basculer dans le lit encore un peu chaud. Pauline percevait l'odeur du parfum cheap de Cindy dans les draps. L'appartement était humide et sombre, mais elle avait le cœur en feu et elle avait besoin d'éclater. Rien n'avait plus d'importance. Les caresses de Carlo l'atteignaient en profondeur, ses doigts agiles lui pinçaient les cordes sensibles. Personne jamais ne l'avait caressée de cette façon auparavant. Elle alla jusqu'au bout de son plaisir puis elle palpa le sexe de Carlo, retira doucement le repli pour amener dans sa bouche le bouton rose et le fit râler de jouissance. Ils s'endormirent ensuite dans les bras l'un de l'autre et elle rêva qu'ils partaient ensemble pour l'Abitibi, que c'était l'été et que les grillons faisaient des cricris dans un champ d'épervières orangées.

Il était près de cinq heures quand elle se réveilla et elle pensa soudain au chauffeur de taxi qui l'avait sûrement attendue très longtemps dans la rue Cartier. Gilles avait dû la chercher et elle eut peur qu'il ait averti les policiers.

— Pourquoi tu viendrais pas en Abitibi avec moi la semaine prochaine?

— Sérieux?

— Sérieux. Ma docteure m'a proposé de partir quelques jours pour me reposer.

— Ta docteure? T'es vraiment malade? C'est pas une blague?

— Pas vraiment... je crois qu'au fond je suis très fatiguée. J'ai plutôt besoin de me reposer chez mon père.

— Ton père est mort, tou mé l'as dit.

— Oui, mais sa maison est toujours là, inhabitée. Personne s'en occupe, mais je veux pas la vendre. J'aimerais peut-être aller vivre là-bas un jour. Viens-tu avec moi?

— J'ai pas d'argent, j'ai pus dé contrat.

— Ça fait rien, j'en ai un peu. Pis tu te trouveras peut-être quelque chose là-bas? Y a beaucoup de bars country en Abitibi.

— Jé sais, jé sais. Quelqu'un m'a déjà dit ça... Tou me donnes un peu dé tabac?

Il avait regardé Pauline en roulant une cigarette à même son mélange tabac-mari. Il avait des doigts un peu boudinés et courts, mais il travaillait avec la précision d'un horloger. Elle eut peur un instant qu'il refuse son offre de l'accompagner en Abitibi, mais ses yeux diaboliques s'illuminèrent tout à coup et il lui donna le bras pour la soulever du lit. Il exécuta quelques pas de danse avec elle. Puis tout se termina sur fond de musique fantôme, comme dans un film de Sergio Leone.

— Maintenant je dois rentrer à la maison, j'imagine que Gilles est à ma recherche. Quand peux-tu partir?

— Demain, si tou veux.

— Non, c'est trop tôt, il faut que tu me donnes le temps de convaincre Gilles. Et puis je dois préparer les enfants à mon départ.

— Tou vas dire à ton mari pis à tes enfants qu'on s'en va en Abitibi?

— Je vais leur dire que « je » vais en Abitibi, mais je leur dirai pas que j'y vais avec toi. Jamais dans cent ans.

— Pourquoi?

— J'veux pas leur faire de peine.

En dévalant les marches ensemble, ils décidèrent qu'ils partiraient la semaine suivante, mercredi, qu'elle passerait le chercher à dix heures. Ils marchèrent jusqu'à la rue Ontario puis elle héla un taxi. Ils s'embrassèrent avec fougue. Le cœur lui débattait et elle aurait voulu que le temps fasse un bond, qu'elle n'ait pas à rentrer chez elle pour inventer des mensonges et se sentir encore plus coupable. Pourquoi s'obstinait-elle à partir avec ce jeune chanteur sans avenir, sans argent, sans passé ni présent, ce jeune homme qui aurait presque pu être son fils?

La neige tombait folle et légère quand le taxi la déposa devant chez elle, rue Pigeon.

LA CONFRONTATION

L'auto de Gilles était stationnée juste à côté de sa Lada. Elle entra par le salon, sachant que les enfants y étaient. Elle les embrassa, se servant d'eux comme paravent.

— C'est toi, Pauline?

Gilles surgit de la cuisine, l'air furieux, un verre de bière à la main. Il titubait légèrement.

— Tu sais combien ça m'a coûté de taxi? Le chauffeur t'a attendue longtemps.

— Je l'ai plus revu en sortant.

— Il t'a attendue devant la porte et il est allé voir. La réceptionniste lui a dit que...

— ... j'étais partie depuis une bonne heure.

— Qu'est-ce qui te prend, maman? Qu'est-ce qui te prend? J'comprends pas.

— Pauvre Gilles. T'as jamais vraiment rien compris. Tiens, la docteure m'a donné une autorisation pour conduire. Où t'as caché les clés?

— Pas besoin de me crier comme ça par la tête, calme-toi les nerfs!

Il attrapa le papier du médecin que Pauline lui lança, puis s'avança pour lui saisir le bras, mais elle monta rapidement dans sa chambre, sans même écouter ce qu'il racontait. Elle s'étendit sur le lit et fit semblant de dormir. Elle sentit son cœur battre un bon moment. Elle pensait à Carlo, à son départ pour Cléricy, à Gilles qui commençait à s'exaspérer. Il vint au moins trois fois vérifier si elle dormait. Chaque fois, elle simulait une respiration profonde et régulière. Il s'éloignait en soupirant, et ensuite elle ouvrait grand les yeux, se demandant comment elle arriverait à sortir de son trou noir. Puis, beaucoup plus tard, il revint déposer les clés d'auto sur la table de chevet. Elle pourrait enfin partir. Elle prit un somnifère et le sommeil finit par la gagner bien malgré elle.

Le lendemain matin, elle ne se leva pas avant d'avoir entendu l'auto de Gilles démarrer. Elle avait cru que Réjeanne était venue la veille, comme tous les soirs, mais elle n'avait pas souvenir qu'elle soit montée la voir. Ce serait moins difficile de partir si Réjeanne continuait à donner un coup de main à Gilles. Son cerveau fonctionnait à plein régime, elle aurait voulu arrêter le moteur, ne plus penser qu'à elle-même, se concentrer, creuser. Elle aurait voulu prendre un bistouri, s'ouvrir le ventre, regarder ce qu'il y avait à l'intérieur, voir l'abcès, extraire le pus, refermer la plaie, recoudre dans du neuf, comme sa mère faisait quand elle lui taillait de belles robes dans les robes de ses tantes. Mais elle savait qu'elle tomberait sur des boyaux, de vulgaires tripes visqueuses et saignantes, qu'elle en mourrait de s'ouvrir le cœur, qu'il valait mieux garder tout cela bien au chaud. Où est le mal? D'où vient la douleur?

Elle se leva péniblement, prit un café, puis elle décida de retourner chez Carlo. Pour la première fois depuis quinze jours, elle fit démarrer sa Lada et dès qu'elle embraya, elle respira mieux. Elle descendit le boulevard Pie-IX et le trouva moins laid que d'habitude. En passant le long du Jardin botanique, elle se dit qu'elle pourrait y venir un jour avec Carlo. Ils se tiendraient par la main dans les allées, comme tous les gens qui font des promenades d'amoureux. Il y avait très longtemps qu'il ne lui était arrivé de se sentir si amoureuse. Depuis l'adolescence peut-être, quand son cœur avait battu pour un kick, un garçon du collège, plus âgé qu'elle, la copie conforme de Pierre Lalonde. Après un party de graduation où il l'avait séduite en jouant de la guitare avec son band, il l'avait amenée au parc et l'avait embrassée sous les saules. Il avait doucement gratté sa guitare et avait chanté *Smoke Gets in your Eyes* pour elle toute seule. Elle ne se rappelait plus si c'était le baiser ou la chanson qui lui avait donné le plus de jouissance.

La porte n'était pas fermée à clé. Elle entra doucement, comme si elle avait eu peur de déranger quelqu'un. Carlo était absent. Elle s'assit au coin du matelas, le temps de fumer une cigarette, puis elle lui écrivit une note qu'elle laissa sur l'oreiller.

Je suis venue t'embrasser en passant. Appelle-moi avant quatre heures si tu peux : 325-4231. J'essayerai de revenir à un autre moment, my love. Light my fire. Ciao.

XX ♡ *Darling*

Elle revint à la maison pleine d'entrain et se sentit d'attaque pour jouer des coudes afin de planifier son voyage. Elle était de bonne humeur quand Gilles revint avec les enfants. Elle avait même commencé à préparer le souper.

— La docteure m'a trouvée mieux hier. Mais elle pense que je devrais aller me reposer en Abitibi.

— C'est vrai que ce soir t'as l'air d'aller mieux. T'as bien meilleure mine. Mais t'as pas besoin d'aller en Abitibi. T'as rien qu'à rester à la maison encore quelques semaines puis tu vas être bonne pour retourner travailler.

— Je commence à me sentir mieux, mais j'ai besoin du grand air d'Abitibi.

— As-tu appelé Suzanne?

— Pourquoi?

— Voir si tu peux aller chez elle?

— Je veux aller à Cléricy, chez papa.

— Mais la maison est fermée pour l'hiver, tu le sais. Y a pas de chauffage, rien. Y a même pas de téléphone. J'te laisserai pas partir toute seule pour Cléricy, c'est trop risqué. Penses-y une minute.

— C'est tout pensé. J'ai besoin d'être seule.

— Attends à Pâques, maman. On ira toute la famille ensemble. Les enfants aiment ça.

— C'est maintenant que j'ai besoin de partir.

— Je vas essayer d'arranger ça avec Suzanne. Tu pourrais prendre l'avion ou l'autobus.

— Je veux pas que t'appelles ma sœur, t'entends. Tu le sais que je lui ai pas parlé depuis que papa est mort.

— Bon, bon, énerve-toi pas.

Cette discussion, ils la reprirent presque tous les soirs sans que Gilles cède sur quoi que ce soit. Ariane n'adressait presque pas la parole à Pauline, qui se sentait jugée. La petite prenait le parti de son père, c'était évident. Manuel vivait, quant à lui, une période de calme, mais semblait affecté par la grande léthargie de Pauline. Ariane avait délaissé quelque peu le Coleco et Manuel restait souvent seul à jouer devant l'écran de télé.

Un soir après souper, Réjeanne monta voir Pauline qui s'était « endormie ».

— Dors-tu pour de vrai, Pauline?

— Non, je somnolais. Entre.

— C'est vrai que tu veux aller toute seule en Abitibi?

— C'est Gilles qui t'a dit ça?

— Oui, ça l'inquiète. Il m'a proposé d'y aller avec toi.

— Bien... euh...

— Inquiète-toi pas, j'irai pas. Je trouve quand même que c'est pas une bonne affaire que tu partes toute seule.

— Je me sens vraiment mieux.

— J'espère que tu y vas pas avec Carlo, en tout cas. Pour tout te dire, j'y ferais pas confiance, à ce gars-là. Dis-moi si je peux faire quelque chose pour toi.

Pauline faillit lui avouer qu'elle partirait avec Carlo, mais son instinct lui disait qu'elle ne devait pas se confier. Le vent avait tourné et Pauline trouvait que sa bonne copine prenait un peu trop la part de Gilles.

— J'aimerais te demander un service. Quand je serai partie, peux-tu venir voir si Gilles tient le coup, si tout est correct?

— Bon, je commence à être un peu fatiguée de voyager chaque jour comme ça, mais je passerai de temps en temps après l'école. Il me semble que Gilles se débrouille pas si mal que ça tout seul.

— C'est pas ça, mais tu sais les petites choses qu'on voit, nous autres les filles, comme le lait qui a passé la date d'expiration, les vieux restes, les pizzas toutes sèches.

— Bon, si tu veux, mais je viendrai peut-être pas tous tous les jours. Je trouve ça un peu loin Montréal-Nord. Ça m'empêche de sortir, des fois il est tard quand je repars.

— Tu m'as dit que tu sortais plus beaucoup.

— Non, mais j'aimerais ça de temps en temps, pour pas perdre la main...

— Pas de nouvelles conquêtes?

— Ça dépend de ce que t'entends par conquêtes...

Pauline sourit un peu et Réjeanne en fit autant. Quelques semaines auparavant, elles en auraient remis, elles auraient ri aux éclats. Mais depuis qu'elle ne faisait plus les bars avec son amie, Pauline avait moins le cœur à rire.

— Quand est-ce que tu pars?

— Je sais pas au juste.

— Dis-moi-le la veille, O.K.?

— O.K.

— Bon, je vais aller jouer un peu au Coleco avec Manuel. On dirait que Donkey Kong intéresse plus beaucoup Ariane. Dors bien. Take care.

Dormir. Take care. C'est tout ce que Pauline avait tenté de faire depuis quelques semaines. Pour fuir Gilles, pour être avec Carlo constamment, en pensée. Pauvre Gilles, il essayait d'être gentil avec Pauline, mais le fossé qui s'était creusé entre eux au fil des ans s'était élargi subrepticement. Ce qu'il disait n'intéressait plus du tout Pauline. Pourtant ils vivaient ensemble depuis treize ans. Elle avait beaucoup aimé Gilles dans le temps, les premières années surtout. Elle le trouvait gentleman, il s'occupait d'elle, il lui disait qu'il la trouvait belle, lui écrivait des petits mots tendres qu'il fixait avec un aimant sur le frigidaire. Mais avec le temps, il n'avait plus fait attention à elle, c'est à peine s'il la regardait. Cette manie aussi qu'il avait de l'appeler « maman ». Ça la mettait en rogne. Pourtant elle avait fait des efforts pour paraître jolie. Elle n'était pas une beauté, mais les hommes étaient attirés par ses petits cheveux blonds, son air décontracté, ses yeux noirs. Gilles pourrait peut-être la désirer encore si elle faisait des efforts, si elle s'habillait davantage en femme du monde. C'est ce que Réjeanne lui avait dit, déjà, un verre de trop dans le nez. Mais quand même, elle n'allait pas se jucher sur des talons aiguilles juste pour la parade.

Pauline n'arrivait pas à mettre le doigt sur ce qui la bloquait en particulier. Ce qu'il disait, les gestes qu'il faisait, tout lui semblait inopportun. OUT. Ce n'était pas de sa faute, il n'avait pas changé depuis le temps. C'était probablement Pauline qui avait le regard biaisé. Peut-on arriver à recoller un vase brisé de façon à ce que la Crazy Glue ne paraisse pas du tout? Comment fait-on? Surtout, comment fait-on pour que ce soit vrai, que la fissure non seulement ne paraisse plus, mais n'existe plus?

LA TRAVERSÉE

La route était droite, grise et blanche. Le vent balayait une neige fine tombée la nuit précédente. Mais plus ils avançaient, plus la neige s'alourdissait, adhérant à la chaussée. Ils s'arrêtèrent pour la première fois au Domaine prendre un infect ersatz de café qui les réveilla quand même un peu. Carlo n'avait pas son permis, c'est Pauline qui conduisait. Gilles avait finalement cédé, mais ce n'est pas sans réticences qu'il l'avait laissé partir seule en Abitibi pour une semaine. En mari responsable, il en avait discuté avec sa docteure. Il avait beaucoup insisté pour que Pauline voyage en autobus, mais sur ce point elle était restée intraitable : elle irait en Lada car il lui faudrait absolument une auto à Cléricy. Pauline avait argué que le téléphone avait été débranché dans la maison de son père et qu'une fois là-bas, elle ne pourrait même pas appeler un taxi en cas d'urgence. Sans voiture, elle se sentirait prisonnière.

— Ton auto est pas fiable, tu le sais bien. Tu devrais au moins y aller avec quelqu'un, toute seule c'est pas prudent.

— Je trouverai bien quelqu'un qui viendra avec moi.

— Qui?

— Je sais pas encore, mais inquiète-toi pas, j'ai beaucoup d'amis.

— Pas ton amant italien toujours?

— Comment tu sais qu'il est italien?

— J'ai mes sources de renseignements. C'est bien ça, t'amènes ton chanteur spaghetti?

— Pourquoi tu t'énerves tout à coup? J'y suis allée souvent seule à Cléricy avec les enfants. Il m'est rien arrivé.

— Oui, mais t'étais pas... malade à ce moment-là.

— Je suis plus malade.

— Si t'es pas malade, pourquoi tu vas pas travailler?

— Je suis en... convalescence, disons.

— Madame s'en va, comme ça, me laisse les enfants, la maison... T'as vraiment la tête dure quand tu veux.

— J'ai demandé à Réjeanne de venir faire un tour tous les jours. Tu pourras pas dire que je pense rien qu'à moi.

C'en était resté là. Elle s'était couchée en laissant Gilles pantois devant la télévision. Pauline avait-elle fait un bon coup en invitant Réjeanne à venir chez elle pendant son absence? L'«Italien», le «chanteur spaghetti», cela ressemblait à du Réjeanne, mais elle écarta vite cette idée. Quand elle avait appelé Réjeanne pour lui dire qu'elle partait le lendemain, les soupçons avaient affleuré de nouveau.

— Alors, t'es bien décidée, tu pars?

— Bien sûr que je pars. Je partirais tout de suite, je ferais le voyage de nuit si je m'écoutais. À propos,

Réjeanne... t'as rien raconté à Gilles à propos de Carlo, hein?

— Euh... non, non, je penserais pas.

— Ah! parce qu'il m'a parlé de mon « chanteur spaghetti », je me doute bien où il a pris ça.

— ...

— On avait jamais à s'expliquer ben longtemps d'habitude quand on partait avec un gars chacune de notre bord.

— Ouais, mais là, c'était pas comme d'habitude. Je sentais que t'étais prise jusqu'aux oreilles par ce chanteur-là. Qu'est-ce que tu veux, j'aime pas sa fraise. C'est plus un chanteur de pomme qu'autre chose, ce gars-là. Je mettrais ma main au feu.

— Tu passes pas de commentaires sur nos one-night stands d'habitude. Qu'est-ce qui te prend?

— Voyons Pauline, il faudrait être aveugle pour pas voir que c'est pas juste un one-night stand cette fois-ci.

— C'est vrai, t'as raison, c'est plus que ça.

— Hein? Pas vrai? J'en reviens pas. Ça fait quelques mois que tu me parles que ça marche pas fort toi puis Gilles, mais de là à ce que tu te sépares pour vrai...

— C'est ce que je m'évertue à te dire.

— Je comprends Gilles d'être si à l'envers.

— Tu m'as promis que tu viendrais de temps en temps. Ça va être moins dur pour lui. Je suis fatiguée, Réjeanne. J'ai de la route à faire demain. Bonne nuit.

— Bon voyage, repose-toi bien. Inquiète-toi pas, je viendrai faire mon tour. Take care.

Pauline était restée dans sa chambre toute la soirée à préparer ses bagages. Même si elle s'était réveillée très tôt le mercredi du grand départ, elle avait fait semblant de dormir jusqu'à ce que la maison se vide. Gilles et les enfants avaient entrouvert la porte de sa chambre à tour de rôle, mais elle n'avait pas bronché d'un poil. Elle avait eu peur de flancher à la dernière minute en embrassant Ariane et Manuel. Manuel surtout, parce qu'il était devenu très gentil avec elle. Souvent il laissait de côté son Coleco pour venir se blottir dans son lit et ils restaient là tous les deux sans parler, à regarder la télé. Par contre, c'était moins facile avec Ariane. Elle haussait les épaules en soupirant, claquait les portes, s'esquivait. Elle était introvertie comme son père.

Elle fixait la route en pensant à tout ce qu'elle avait laissé, aux combines qu'elle avait utilisées pour réussir à faire ce voyage. Carlo ne parlait presque pas depuis leur départ de Montréal. Il avait l'air de se sentir un peu dépaysé dans cette forêt du bout du monde. Il mettait parfois sa main sur la cuisse de Pauline et la retirait quelques secondes plus tard.

Cette réserve faunique La Vérendrye, elle l'avait mille fois traversée, mais chaque fois c'était comme une aventure. Elle pouvait prévoir quels seraient le prochain lac et la prochaine rivière, seuls points de repère dans la monotonie des épinettes et des sapins en bordure. Cela, elle le savait, n'était qu'un rideau esthétique. L'été, la touffeur des arbres camouflait le désastre des coupes à blanc, mais l'hiver, on pouvait apercevoir le vide à travers la bande « de protection » d'épinettes clairsemées.

Comment avait-on pu abattre autant d'arbres impunément? La pêche et la chasse étaient réglementées, mais pas la coupe du bois. Comment la faune pouvait-elle survivre sans la flore ? Cette question, son père l'avait souvent posée. Elle se rappelait le poème *Arbres* de Paul-Marie Lapointe qu'elle avait appris par cœur dans un cours de littérature. Son père avait été surpris quand il l'avait entendue le réciter. Il ne croyait pas qu'on pouvait écrire de vrais noms d'arbres comme « bois d'orignal », « plaine » dans un poème ; c'est ce qui l'avait étonné.

Quand elle était toute petite, son père lui avait montré à distinguer les différentes essences d'arbres : les sapins, les épinettes, les pins, les peupliers, les trembles, les bouleaux. Même s'il n'était qu'un bûcheron, il était tout fier de connaître les appellations latines qu'il s'amusait à faire défiler comme des feuilles mortes. *Betula papyrifera*, bouleau à papier, *picea rubens*, épinette rouge, *pinus strobus*, pin blanc. Tous ces noms lui revenaient comme une mélodie dans sa tête. Une ballade sans fin.

Carlo s'était endormi et cela lui parut étrange. Si Pauline avait été une étrangère et avait traversé pour la première fois cette immensité de forêts et de rivières, ses yeux n'auraient pas été assez grands pour tout voir. Quand elle était allée en Italie avec Gilles, elle avait été ravie par les moindres recoins du paysage. Il est vrai que l'Italie n'a pas grand-chose à voir avec l'Abitibi, sauf pour la couleur du ciel quand il fait beau. Mais ce jour-là, il faisait gris.

Pour se départir de la ritournelle des arbres, elle remit la cassette de Marianne Faithful, *La Ballade de Lucy Jordan*. *At the age of thirty-seven.* Est-ce que toutes les femmes de trente-sept ans étaient comme elle, fatiguées des enfants, de la maison, du mari, de la vie ? Désabusées ? Elle pourrait mourir dans un accident et le problème serait réglé. Plus d'amant, plus de culpabilité. Ce serait facile, elle n'aurait qu'à doubler dans une courbe ce camion chargé de bois qui la précédait. Ou un autre camion dans une autre courbe, parce que ce n'étaient ni les camions ni les courbes qui manquaient sur la route 117 nord ce mercredi-là. Carlo ne se serait aperçu de rien. Ils seraient morts dans un accident. Roméo et Juliette de la réserve La Vérendrye. Le lendemain dans le journal : une femme de trente-sept ans avec un jeune passager italien... Ce serait facile. Très facile, même. Un petit coup de volant vers la gauche, une pointe d'accélération, la musique au maximum.

Carlo se réveilla, tout penaud d'avoir dormi. Il alluma une cigarette et en offrit une à Pauline. À cause de la fumée, des vitres de l'auto un peu embuées, de la neige qui n'arrêtait pas de tomber, le gris du ciel devenait plus gris. Il était passé trois heures.

— T'aurais doû me réveiller, Darling, jé voulais pas dormir. T'es bonne de tout conduire ça sans arrêter. T'es forte pour ton âge.

— Ça te dérange tant que ça que je sois plus vieille que toi ?

— Ben non, jé m'en fous. Qu'est-ce qui té prend, grand-maman ? T'es oune belle femme, una bella nonna.

— Qu'est-ce que ça veut dire, nonna ?

— Oune grand-mère, Darling, oune belle grand-mère.

— Toi, t'es ben nono.

— Ha! ha! ha! C'est drôle.

— Qu'est-ce que j'ai dit de si comique?

— *Nonno*, en italien, ça veut dire oun grand-père.

Il lui caressa un sein et elle fit un mouvement pour qu'il s'écarte d'elle.

— C'est pas beau toucher les seins d'une grand-mère.

Il éclata de rire de nouveau et déplia la carte routière. Elle lui expliqua qu'ils étaient beaucoup plus haut et plus à l'ouest que Mont-Laurier, qu'ils avaient traversé plus de la moitié de la réserve La Vérendrye.

— Lac Camatose, quel drôle de nom, ça fait coma, nécrose.

— Il y a déjà longtemps qu'on est passés là. On arrive à Dorval Lodge dans quelques minutes.

— Dorval? C'est pas loin dé Montréal, ça?

— Mais non, nono, Dorval Lodge. C'est la dernière étape avant d'arriver à la sortie Nord du parc. Dormais-tu ou si tu dormais pas?

— Mais oui, jé m'endors toujours en auto, c'est plous fort que moi. Jé mé réveille des fois, puis jé mé rendors. Quand j'étais pétit, mon père nous disait de dormir durant les voyages. On commençait par faire semblant, puis on se faisait prendre au jeu, puis on s'endormait pour de vrai.

— Qui ça, « on »?

— Ma petite sœur puis moi.

— T'as une sœur? Tu m'as jamais dit que t'avais une sœur.

— Elle s'appelait Giovanna. Elle est morte dans un accident d'auto.

— Pauvre elle! C'est triste. Quel âge elle avait?

— Douze ans. C'est mon père qui conduisait. Ma mère a failli mourir elle aussi.

— Étais-tu dans l'auto, toi?

— Non, moi j'étais déjà parti, j'étais déjà en Amérique.

— Mais tu m'as dit que ça faisait rien qu'un an que t'étais à Montréal.

— À Montréal, oui, mais j'étais ailleurs avant ça.

— Où ça? Tu m'en as jamais parlé.

— On sé connaît pas gros, jé peux pas té dire toute en même temps.

Il y eut un long silence. Pauline se sentait mal à l'aise, elle avait l'impression que Carlo ne lui disait pas la vérité.

— Tu donnes pas de tes nouvelles à tes parents?

— Pour quoi faire?

— Ça te tente pas de parler à ta mère? Elle doit être morte d'inquiétude.

— Je veux plous les voir, jamais.

— Mais qu'est-ce qu'ils t'ont fait?

— Rien dé spécial, c'est moi qui pouvais plous rester chez eux.

— Mais il a bien dû arriver quelque chose pour que tu te décides à partir comme ça.

— C'est pas précis. Plousieurs pétites choses.

— T'es sûr? T'as pas fait un mauvais coup?

— Jé voulais plous étudier, c'est ça qué mon père il a ben mal pris, ma mère aussi.

Carlo se rendormit. À la hauteur du réservoir Dozois, la route chevauchait un des nombreux embranchements de la rivière des Outaouais. Elle avait l'impression de filer sur une patinoire plantée de piquets d'arbres morts qui lui rappelaient le harnachement des rivières à la gloire du progrès. Plus elle montait vers le nord, plus la route se redressait. Comme une aiguille aimantée. Elle regarda Carlo et elle eut l'impression qu'il faisait semblant de dormir. Elle aurait voulu lui dire qu'ils étaient dans la même situation tous les deux. Lui, par rapport à ses parents. Elle, par rapport à son mari. Quel était ce flou des sentiments qui avait fait que l'élastique cède à un moment donné, que tout casse, que plus rien ne tienne? Y avait-il des raisons, une raison? La culpabilité, c'est peut-être cette absence de raisons précises. Cette absence de grandes raisons. Si Gilles avait été un ivrogne ou un irresponsable, elle aurait eu toutes les raisons du monde, toutes les bonnes raisons du monde, « la » bonne raison, de vouloir partir. Elle n'avait pas de bonnes raisons, pas une seule. Non, elle avait plutôt plusieurs petites raisons. Par exemple, il ne lui disait plus jamais qu'elle était belle ou qu'elle sentait bon. C'était une toute petite raison, elle le savait, une raison isolée qui ne faisait pas mal en soi. Mais toutes sortes d'autres petites raisons empilées les unes sur les autres lui rendaient le cœur lourd à la longue, lui raidissaient la nuque, l'empêchaient de respirer librement, de sentir. Elle ne sentait plus rien, elle ne se sentait plus. Était-ce une bonne raison?

L'ARRIVÉE

Ils s'arrêtèrent au Château Malartic pour souper, vers cinq heures. Pauline remarqua quelques buveurs de bière installés dans le lounge et, derrière le comptoir, elle vit une serveuse maquillée gras qui essuyait des verres et riait fort devant un client perché sur un tabouret. Au fond du lounge, un groupe de musiciens faisait des tests de son. Leur spectacle de musique country était annoncé sur une enseigne clignotante à l'extérieur le long de la route : Shirley Tétrault et les Blue Kids. La salle à manger était plongée dans l'obscurité, mais Pauline et Carlo s'installèrent à une table quand même. Carlo observait la serveuse de loin comme s'il cherchait à reconnaître quelqu'un. Elle le remarqua et accourut au moment où Carlo s'apprêtait à allumer la bougie flottant dans le verre à cognac qui trônait au milieu de la table. Elle lui enleva délicatement le verre des mains, sortit une grande allumette et se chargea elle-même de l'opération.

— La salle à dîner est pas encore ouverte. Tiens, me semble que j'␣t'ai déjà vu la binette quelque part?

— Shirley?

— Ben oui, dis-moi donc oùsque je t'ai vu? Dans une vie antérieure?

— T'es pas jouste serveuse, t'es chanteuse aussi, hein? Jé pense qué jé t'ai vue au Rocher Percé, là, sour Rachel.

— Peut-être, peut-être... Mais je replace pas ton p'tit accent spaghat... C'était y a deux ans. T'as une bonne mémoire toi. Rappelle-moi donc ton nom.

— Carlo.

— Je m'en serais jamais rappelé, tu vois, je me rappelais même pas que t'étais italien.

Elle repartit vers le bar du lounge, juchée sur ses talons aiguilles et gainée de sa minijupe noire.

— Coudonc, Carlo, tu m'avais pas dit que t'étais à Montréal depuis un an?

— Oui, mais avant, quand j'étais dans lé Nord, jé vénais faire des tours à Montréal.

— Ouais, c'est vrai.

— Rélaxe, Darling. Arrête dé calculer comme ça tout le temps.

— Je peux pas m'en empêcher.

— Rélaxe.

Shirley revint avec un plateau vide et un torchon. Elle s'adressa uniquement à Carlo en lui faisant un clin d'œil.

— Qu'est-ce que je te sers?

— On veut prendre un drink, puis souper après.

— C'est pas supposé avant cinq heures et demie, mais j'vas vous servir icitte pareil. Ah ben tu parles que c'est de la grande visite. Je me rappelle de ta face astheure. Mets-en que je me rappelle de toi. T'étais monté sur le stage, pis t'avais chanté *Darling* avec moi, tu sais la chanson de Renée Martel?

— Apporte-moi donc oune pétite Molson, mam'zelle.

89

— Pis pour la p'tite dame, ça sera une Molson aussi?

— Non, un café. Un vrai.

— On tient pas de faux café icitte, fais-toi-z-en pas.

Dans le temps de le dire, elle revint avec deux Molson et un café.

— Il a commandé rien qu'une bière il me semble.

— C'est le happy hour, ma p'tite dame, c'est deux bières pour le prix d'une. Dis donc, mon Carlo, tu te fais checker.

En se tournant vers Carlo, elle donna un coup de tête pour rejeter en arrière ses longs cheveux noir corbeau, puis elle lui réclama quatre dollars. Carlo ne fit aucun geste et Pauline mit quelques secondes à comprendre qu'il lui revenait à elle de régler les consommations.

— T'as pas changé d'un poil, Carlo, j'en reviens pas.

— On pourrait avoir lé ménou?

— Ben certain.

Pauline assistait à tout cela sans broncher. Elle comprit tout à coup pourquoi Carlo lui avait demandé si Malartic était en Abitibi la première fois qu'ils s'étaient rencontrés. Même si le cœur lui descendait dans les talons, elle ne voulut pas montrer qu'elle était jalouse. Elle toussota seulement.

— C'est une vieille connaissance?

— Ah, va pas t'imaginer rien là, Darling. C'est oune fille qué j'ai vue un soir comme ça, c'est toute.

— C'est tout ? En tout cas, pour une fille que t'avais vue juste un soir, t'avais pas oublié grand-chose d'elle.

— Ben... Shirley, c'est un nom rare.

— Pas tant que ça. On est pas en Italie ici. Pis t'as même eu le temps de chanter avec elle au Rocher Percé.

— Rélaxe, Darling, rélaxe.

La serveuse apporta aussitôt une feuille ronéotypée sur laquelle était inscrit : MENUE DU JOURS. Son œil de secrétaire avertie tiqua, mais Pauline se rappela qu'elle était en congé. Elle commanda un club sandwich, ne voulant pas se hasarder à prendre un TOURNEDOS SAUCE AUX QUATRES POIVRE qui serait long à préparer. Elle tenait à arriver le plus tôt possible à Cléricy.

Carlo ne commanda rien à manger mais il enfila quatre ou six autres « petits bateaux » pendant que Pauline se mesurait à un club sandwich trop sec et à des frites mollasses. Carlo lorgnait du côté de Shirley qui se dandinait entre le bar et la salle à manger, ce qui agaçait Pauline. De son côté, elle écoutait à peine ce que lui disait Carlo, et suivait de ses yeux farouches les coups d'œil en biais qu'il dirigeait vers elle. Avant même de terminer son assiette, elle régla l'addition et agrippa son manteau. Sa chaise bascula et Carlo éclata de rire.

— Y a rien de drôle là-dedans. On s'en va si on veut arriver pas trop tard.

— Oune minoute, Pauline, on n'est pas pressés tant qué ça. Oune minoute.

Carlo se leva lentement pour suivre Pauline. Il prit Shirley par le bras en passant.

— Merci pour toute, Shirley. Qui aurait pou dire qu'on sé réverrait, hein?

— Le monde est petit, qu'est-ce que tu veux. Pis comment ça va toi?

Shirley continua de papoter avec Carlo en le raccompagnant jusqu'à la porte. Pauline les avait précédés, en fulminant. Elle se retourna et vit avec soulagement que la serveuse regagnait la salle à manger à reculons. Dans le hall du chic Château Malartic, il n'y avait ni meubles, ni vitres, ni lampes, ni rien de ce qui fait qu'un hall d'hôtel est un hall d'hôtel. C'était une sorte de portique désert, conçu ainsi pour éviter les éclats de verre brisé en cas de bataille. C'est ce qu'Arthur, le père de Pauline, lui avait expliqué, petite, quand ils allaient à Montréal.

Pauline fit démarrer l'auto pour reprendre la route au plus vite. Cléricy était encore à plusieurs dizaines de kilomètres et elle détestait conduire dans le noir. Sans compter qu'elle avait trouvé Shirley un peu trop collante. Une mince bande rouge, un reste de coucher de soleil traînait encore dans le ciel qui s'était éclairci à l'ouest.

— Oh Darling, j'ai oublié d'aller à la toilette. Attends-moi oune pétite minute, juste oune pétite minute.

Pauline revint devant l'hôtel et arrêta le moteur en soupirant de rage. Carlo mit un temps infini à se dépêtrer de la voiture. Il sentait l'alcool et faisait des gestes au ralenti. Pauline crut qu'il ne ressortirait jamais de l'hôtel. Au bout de quinze minutes, elle se demanda si elle devait aller chercher Carlo, mais elle n'en fit rien. De quoi elle aurait l'air? De sa mamma, sa nonna? D'une chipie? Il émergea enfin de l'hôtel, vacillant, encore un peu plus soûl. Il trébucha, mais finit par s'installer sur le siège. Il n'arrivait pas à boucler sa ceinture et Pauline attendit patiemment qu'il finisse par se débrouiller seul. Puis elle enfonça la pédale d'embrayage, fit marche arrière et s'engagea en trombe dans la rue Principale vers la 117 nord, pour en finir avec la route qui n'en finissait plus. Carlo parlait très fort, la bouche un peu molle.

— Ah! Bella! Shirley chante à soir avec les Blue Kids dans le lounge de l'hôtel.

— La waitress, tu veux dire.

— Oui...T'es ben fatiguée, Darling, pourquoi on rétourne pas à ce château-là? Après le show on pourra partir pour ta maison dé, comment tu dis, dé Réclissy...

— Clé-ri-cy.

Carlo continua de divaguer, et c'est à peine s'il se rendait compte qu'ils avaient passé les limites de Malartic depuis un bon moment. Puis il baissa la voix, s'englua dans une mélasse verbeuse et s'endormit. Après la fourche de Preissac, Pauline décida de passer par la petite route de Mont-Brun, évitant ainsi la ville de Rouyn-Noranda et ses nombreux bars. Elle avait plutôt le goût de s'enfoncer dans la forêt solitaire, dans « son » chemin dont elle connaissait les moindres détours, les moindres côtes. Elle s'y sentait plus à l'aise qu'à Montréal qu'elle habitait depuis vingt ans.

Que lui était-il arrivé? Qui était ce garçon ronflant et puant comme un vieux clochard? Elle l'avait déjà vu ivre, gelé ou speedé. Elle-même buvait, fumait de la mari, du hasch, sniffait de la coke à l'occasion. Mais elle avait l'impression que c'était la première fois qu'elle voyait vraiment Carlo dans cet état. Elle le connaissait à peine, au fond. Quelques jours, quelques heures.

La route était noire et elle la savait étroite. Du gravier apparaissait par plaques à cause de la neige qui avait fondu par endroits. Il y avait même des ornières de boue gelée, signe que le printemps commençait à malaxer la terre en sourdine. En traversant le village de Mont-Brun, elle jeta un coup d'œil sur le visage de Carlo. La lumière du tableau de bord jouait avec finesse et mystère sur ses traits. Elle aurait pu se ranger à droite de la route, le secouer, le réveiller, hurler, pleurer, lui faire l'amour. Mais elle resta cramponnée au volant, interdite, montant vers le nord comme on monte au ciel une fois qu'on est mort.

À Cléricy, en passant sur le pont de la Kinojévis, elle flancha. Elle n'y était pas revenue depuis que son père était décédé à la fin de l'été. Le cœur serré, elle l'avait souvent vu descendre en canot les rapides sous le pont en partant du village, au soleil levant ou à la nuit tombante, pour se faufiler entre les heures de grande lumière. Elle courait jusque l'autre côté du pont et toujours elle avait peur qu'il soit avalé par les remous. Mais chaque fois, il réussissait à s'en sortir. Il jouait avec le danger, et Pauline marchait dans son jeu. Elle lui sautait au cou quand il revenait tout souriant sur la rive.

Plus loin dans le rang, la maison blanche serait là, muette, au creux du virage, confondue avec le paysage figé par le froid. Passé le village, elle ralentit même si elle connaissait bien l'endroit. Elle aurait pu fermer les yeux, se laisser aller au radar. Devant la boîte aux lettres inclinée, elle vira à droite pour s'engager dans l'entrée et elle s'arrêta, l'âme éteinte. Le moteur continuait de tourner, elle n'arrivait pas à couper le contact. Carlo, qui dormait toujours profondément, ne s'aperçut pas qu'elle pleurait.

Elle finit par s'extirper du véhicule, étira ses jambes dans la neige grumeleuse. Il fallait marcher un bon cinq cents mètres pour arriver à la maison. Elle éteignit le moteur et secoua Carlo.

— Réveille-toi, Carlo!

— On est arrivés?

— Oui, on est arrivés.

— Mais où qu'elle est la maison?

— On la voit pas d'ici, c'est plus loin par là, il faut marcher parce qu'y a trop de neige. L'auto pourrait pas passer.

— Jé vois rien pantoute, rien.

— Sors. Je le sais, moi, qu'y en a une maison au bout du chemin.

Carlo sortit péniblement de la voiture et se mit à marcher en vacillant. La neige lui arrivait presque aux mollets. Puis il revint en courant.

— J'ai oublié ma guitare.

— Aide-moi aussi à transporter les autres bagages. Ça nous fera un voyage de moins.

— Plous tard, plous tard, énerve-toi pas. Ma guitare, c'est lé plous important.

— J'ai apporté des choses à manger. C'est plus important encore.

— Jamais jé laisse ma guitare toute seule au froid. Jamais.

Pauline ramassa un petit sac de provisions qu'elle avait apportées de chez elle. Avant de prendre sa guitare, Carlo s'étendit par terre comme un gamin le matin de la première neige. Pauline ne savait pas si elle devait en rire ou en pleurer. Qu'est-ce qui lui avait pris d'amener ce chanteur inconnu dans le sanctuaire de son enfance, là où son père était décédé, là où sa mère l'avait bercée, là où sa sœur l'avait détestée? Quand finalement, au bout d'une dizaine de minutes, elle put tourner la clé dans la serrure toute gelée, elle eut l'impression de commettre un sacrilège.

LA CHANSON

Pauline entra dans cette maison comme on entre dans un monastère abandonné. Elle alluma son briquet et se dirigea à tâtons vers le débarras, derrière la cuisine, pour remettre le courant. Aussitôt le réfrigérateur se mit à ronronner. Carlo restait debout sur le paillasson, complètement dégrisé par sa marche pénible dans la neige. Le fluorescent au plafond se mit à grésiller, jetant une demi-lueur sur la cuisine jaunie.

— C'est tout à faite comme jé pensais.

— Mais tu n'es jamais venu ici avant.

— C'est comme jé l'imaginais. Oune pétite maison dans lé bois. Oune cabane.

— C'est pas une cabane, c'est une maison. Une ancienne maison de colon. Rénovée, tu sauras.

Il sourit et se mit à fureter dans tous les coins comme un petit chien qui flaire un nouveau territoire. Pauline cherchait de vieux journaux et du bois pour allumer le poêle. La grande cuisine jouxtait un petit salon aux portes vitrées et, à l'avant, près des escaliers, une chambre à coucher bourrée de meubles de bois sombre semblait dormir pour l'éternité.

Les radiateurs électriques crépitaient et les vitres s'embuèrent complètement. Pauline finit par allumer

97

le poêle à bois, un vieux Bélanger. Presque aussitôt une sensation de chaleur l'atteignit au cœur des os. Le feu se mit à ronronner pour de bon. Elle amena Carlo à l'étage voir les chambres. Celle de Pauline, la plus petite, donnait sur l'est, à droite de l'escalier et l'autre, la grande, celle de sa sœur Suzanne, était orientée vers l'ouest. C'était la plus belle chambre, avec un grand lit. Sa sœur avait dix ans de plus et elle était la préférée de sa mère. Quand son père, Arthur, partait travailler dans les bois, Suzanne et sa mère chuchotaient jusque très tard dans la nuit et parfois elles étouffaient des rires de complicité afin de ne pas réveiller la « petite ». Pauline eut un serrement au cœur en pensant à tous ces secrets dont elle avait été exclue, elle, la « petite ».

Carlo se vautra dans le petit lit de Pauline, mais le froid et l'humidité qui se dégageaient des couvertures le firent bondir aussitôt sur le parquet et il rejoignit Pauline, qui dévalait les escaliers pour s'occuper du feu.

— Quelle bonne place. Jé reste ici pour toujours.

— Mais non, on repart dans une semaine, voyons.

— Pourquoi? Icitte c'est lé paradis, lé paradis.

Il l'embrassa et voulut lui enlever son parka. Elle se dégagea et dégota quelques morceaux de bouleau sec sous une pile de vieux journaux.

— Il faut entretenir le feu. On n'a plus beaucoup de bois dans la maison. Il va falloir aller en chercher dans la remise.

— C'te nuitte on va sé coller pour sé réchauffer. Attends, jé vais installer toute ça.

Carlo remonta dans les chambres et descendit péniblement le grand matelas de Suzanne qu'il étendit près du poêle.

— On va dormir icitte c'te nuitte. À côté du feu.

— Ça rime, ça rime, nuitte, icitte... Il me semble que, pour un étranger, tu parles comme un Québécois pure laine des fois. C'est ben bizarre.

—Y a rien là, voyons, Darling. Poure laine ou acrylique, ça change quoi?

Il voulut alimenter le feu, mais Pauline l'arrêta. Il fallait ménager le bois pour en avoir toute la nuit.

— Arrête donc, tu t'énerves trop, Darling... Jé vais té réchauffer.

— Prends ta guitare, puis chante un peu.

Carlo se roula une petite cigarette, ouvrit son étui à guitare, s'installa sur un tabouret et accorda son instrument. Pauline contempla son visage d'ange à demi caché par ses cheveux noirs. Il y avait longtemps que quelqu'un ne lui avait joué de la musique. De la musique pour elle toute seule. Il fit quelques accords et se mit à chanter *À qui l'p'tit cœur après neuf heures?* de Roger Miron, puis il enchaîna sur des chansons de Marcel Martel, *Un coin du ciel, Loin de toi chérie.* Pauline les connaissait toutes, mais elle préférait les chansons de Renée Martel, surtout *Darling,* qui lui trottait souvent dans la tête depuis qu'elle avait rencontré Carlo. Darling, c'était bien elle, Pauline, perdue dans la fumée de cigarette et les accords de guitare avec, en arrière-plan, des facettes de Lucy Jordan. Pauline, aussi mal aimée que Darling, aussi abandonnée que Lucy Jordan.

Darling même si tu mentais
Je t'aime plus que jamais
Aujourd'hui

Pauline sentit son enfance pénétrer en elle, chaude comme du baume de tigre. Tous ces airs, elle les savait par cœur, mais il y avait longtemps qu'elle ne les avait chantés. Sa mère et sa sœur détestaient la musique country. C'est son père qui lui avait communiqué cet amour des chansons country, à cause des mots tout simples, des mots qu'on n'ose jamais dire parce que les autres les trouvent cuculs, indécents. Son père se moquait bien des autres. *Je pleure sans toi, Bonjour, mon amour.* Ces mots ont perdu leur sens, mais quand on les écoute vraiment, ils nous arrivent comme une grande caresse qui traverse l'échine d'un bout à l'autre. Carlo entama un air de Nana Mouskouri : *Je finirai par l'oublier* et, sans rien voir venir, Pauline éclata en sanglots. Il cessa brusquement de chanter.

— Pourquoi tou pleures?
— Continue, continue.
— Tou pleures.
— Ça fait rien, continue.
— Ben non, on sé couche tout dé suite, viens, Darling.

Il lui entoura la taille, la serra contre lui et l'entraîna sur le matelas. Le poêle dégageait une bonne chaleur dans toute la cuisine. Carlo déshabilla Pauline, lentement, religieusement, et il pianota sur tout son corps. Il approcha ses lèvres et souffla avec douceur sur la peau de ses seins, de ses cuisses. Longtemps, très longtemps. Jusqu'à ce que Pauline, hors d'elle-même, le somme d'entrer en elle. Il n'y parvenait pas.

— Voyons, tu vas pas me laisser comme ça?

— Jé suis trop fatigué... ou j'ai trop bu.

— Comment ça, t'as eu le temps de dessoûler quand même.

— Jé sais pas... jé peux pas té voir pleurer.

— Je pleure plus.

— Attends, jé vais té faire jouir.

Ses doigts en elle, et cette musique douce et forte à la fois, la firent se tordre de plaisir. Une sorte de mélopée emplit la maison alors que les dernières lueurs du feu de bois léchaient les murs jaunes et brillants de la cuisine.

Carlo la garda longtemps blottie contre lui. Puis soudain, il se retourna vers elle et il s'assit droit sur le lit.

— Tu mé désires trop, ça mé dérange.

— Qu'est-ce que tu dis?

— Jé peux plous faire l'amour avec toé, tou mé désires trop, ça m'empêche dé té désirer.

— J'sus trop vieille pour toi hein, dis-le que j'sus trop vieille pour toi. C'est pas pour rien que tu m'appelles nonna. J'ai des vergetures sur le ventre. J'ai pas une taille de guêpe comme ta Shirley pis ta Cindy.

Carlo devint blanc, tapa sur son oreiller, remit les couvertures sur lui et ne dit plus un mot. Pauline se tut elle aussi. Elle avait honte d'elle-même, de ce qu'elle venait de dire.

— Qu'est-ce qu'on est venus faire ici, Carlo?

Carlo ne broncha pas. Sa respiration devint plus régulière et elle lui en voulut de pouvoir ainsi sombrer dans le sommeil en plein cœur du drame. Elle s'étendit près de lui, mais elle savait qu'elle n'arriverait pas à dormir du reste de la nuit. Elle repensa à ses enfants, à Gilles. Puis à Réjeanne. Elle avait un ange de beauté près d'elle, elle avait changé sa vie pour lui et voilà que dans la cuisine jaunie de Cléricy, elle se sentait plus seule que seule. Elle reprendrait la route dès que le jour poindrait. Elle pensa même s'enfuir pendant que Carlo dormait. Il trouverait une note : *Je t'aime trop. Darling. XXX*

Quand la fatigue eut finalement raison d'elle, elle s'endormit très tard dans la nuit avec, dans la tête, *Je finirai par l'oublier,* comme si c'était son père qui la lui chantait. Une chanson grecque, venue de nulle part, plus country que bien des chansons country.

LE RÉVEIL

La cuisine débordait de lumière. Pauline n'avait pas dormi longtemps, mais elle éprouvait la sensation de revenir de très loin, d'un lieu à la fois étrange et familier. Sa mère aurait pu être là à cuisiner, à parler au téléphone, à repasser où à attendre son père, Arthur. Le poêle s'était éteint. Elle avait les pieds glacés et Carlo n'était plus à ses côtés. Peut-être s'était-il sauvé ? Heureusement qu'il ne savait pas conduire. Elle entendit des mulots trotter. Elle pensa qu'il était environ midi, à cause du soleil qui jouait dans les nervures givrées de la fenêtre.

Pauline se leva pour rallumer le feu mais la boîte à bois était vide. Le sac à dos de Carlo était coincé près du frigo et sa guitare était rangée sous l'escalier en claire-voie. Une silhouette bougeait au loin, à la lisière du boisé. Carlo, vêtu d'un t-shirt et d'un jeans, courait pieds nus dans la neige brillante. Pauline endossa son parka et se dirigea vers lui, s'embourbant dans l'empreinte de ses propres pas. La neige était molle et grasse. De la guimauve. Son cœur battait très fort.

— T'es malade de te promener comme ça sans manteau.

Elle ouvrit les bras et quand Carlo la vit toute nue sous son parka, il cria :

— T'es malade dé té promener comme ça jouste avec ton manteau.

Il se rua sur elle et son rire colora le ciel. Il l'embrassa, l'embrassa, fouilla dans ses jeans et la pénétra sur le lit improvisé de son parka. Elle fut traversée par un plaisir subit et sauvage qui lui laissa des vagues dans le ventre. Il lui caressa ses cheveux blonds tout raides.

— Bella! Qué t'es belle.

— Carlo, mon Carlo...

— Ma pétite fille.

Elle n'avait plus froid. Le soleil de midi lui brûlait le visage. Elle aurait voulu rester couchée ainsi dans la lumière la plus pure et la plus dure. Elle se crut morte. Elle mourrait ainsi, elle en eut la certitude.

Carlo se releva et la précéda d'un pas alerte dans la neige mouillée. Il aurait pu s'envoler tant sa démarche était souple et leste. Pauline le suivait gauchement, on aurait dit un pingouin derrière un pigeon. Souvent elle avait ainsi suivi son père, Arthur des bois, qui lui avait légué cette terre entourée de forêt coupée à blanc. Elle aimait marcher avec lui dans la neige poudreuse, sous ce même soleil de feu qui fend le froid. Il se serait moqué d'elle, de Carlo, de ce petit « demi-corde » comme il aimait qualifier les hommes d'apparence un peu frêle. Il pouvait se le permettre du haut de ses six pieds. À son grand désespoir, il s'était courbé, avait rapetissé en vieillissant et était lui-même devenu un « demi-corde ». Oui, il aurait bien ri de son musicien italien, beaucoup plus jeune que sa fille. Il n'aurait rien dit, mais il aurait ri dans cette barbe qu'il rasait consciencieusement tous les matins.

Carlo courut vers la maison et Pauline n'arrivait pas à le rejoindre.

— Arrête un peu.

Il se retourna et ses yeux de husky se contractèrent dans la lumière crue.

— Qu'est-ce qué t'as?

— Attends-moi, il faut rentrer du bois, il en reste plus dans la maison.

— Où est-ce qu'il est cé bois?

— Dans la grande shed rouge, là-bas, au fond de la cour.

— Il y en a beaucoup des sheds.

— Mon père aimait ça, bâtir des remises.

Puis Pauline se perdit dans le souvenir de son père. Il était comme les écureuils qui se creusent des tonnes de trous et les remplissent de nourriture, au cas où... Il avait tellement peur de manquer d'argent qu'à la fin, il ne chantait plus, ne jouait plus de guitare. Pauline fit un mauvais pas, glissa et tomba sur le côté. Carlo revint prestement vers elle, lui tendit la main, mais elle tira pour qu'il perde pied et tombe sur elle. Leurs bouches se rejoignirent et il chercha de nouveau à ouvrir son jeans. Mais Pauline se dégagea de son étreinte en riant et se sauva vers la porte d'entrée.

— Eh nonna, t'es plous capable dé rien faire?

— Quoi? Qu'est-ce que tu dis, nonno?

— Toi-même tou dis qué t'es trop vieille.

— Moi j'ai le droit de le dire, pas toi. Tiens, mets mon parka! Attends, je t'envoie des bottes de sept lieues.

— Fuck!

Carlo ramassa le parka de Pauline et attrapa des bottes un peu trop grandes dont il se chaussa puis il repartit, le majeur en l'air, laissant Pauline entrer nue dans la maison. Il rapporta rapidement des bûches de l'une des remises et les corda sur la galerie. Puis il se mit à faire du petit bois avec une telle assurance qu'on aurait dit qu'il avait manié la hache toute sa vie. Le petit « demi-corde » pouvait couper du bois aussi bien et aussi rapidement qu'Arthur. Pauline regrettait de ne pas savoir fendre le bois. Quand elle était seule, sans homme autour, elle se contentait de fagots qu'elle ramassait sur le terrain près de la maison.

Il entra finalement dans la maison caché derrière une brassée d'épinette avec quelques éclats pour allumer.

— Lé poêle chaufféra plous fort, plous vite. On gardéra lé bouleau pour la nuitte.

— Où t'as appris ça toi, à faire du bois comme ça?

— Au Canada, icitte. Jé suis resté chez quelqu'un dans lé Nord, à Mont-Laurier, et jé m'occupais dé toute lé bois.

— T'avais jamais fait ça avant?

— En Italie, quand j'étais pétit. T'en poses des questions, Darling.

— C'est normal, j'te connais pas beaucoup.

— On prend un café, Darling, puis on va aller sé promener.

— Va chercher de la neige, on va la faire fondre. On a coupé l'eau; la maison était fermée pour l'hiver, tu sais.

En fouillant dans les victuailles que Pauline avait apportées, ils se débrouillèrent pour se faire un petit-déjeuner. Carlo mangea ses toasts et but son café assis au bout de la table, à la place d'Arthur; elle était à l'autre bout, à la place où sa mère s'assoyait. Elle la revoyait prendre deux minutes à peine pour avaler son repas principal et terminer en même temps que les autres même si elle avait commencé bien après. Elle n'écoutait rien de ce qui se disait à table. Pendant que tout le monde mangeait et parlait, elle en profitait pour se reposer un peu en regardant le bois au loin.

La table était longue et presque vide. La maison lui appartenait maintenant, mais elle s'y sentait comme une étrangère. Allait-elle ainsi toujours squatter dans la maison de son père? C'était la première fois qu'elle y venait depuis qu'Arthur était mort. Comme sa mère, elle resta muette et perdue dans ses pensées pendant que Carlo parlait d'une chanson qu'il avait l'intention d'apprendre pour son prochain show, *Mona Lisa*, que Willie Nelson interprétait si bien. Puis il se tut et remit du bois dans le poêle. Des corneilles commençaient à croasser près de la galerie.

— Jé vais téléphoner?

— Mais non, on a coupé le téléphone aussi.

— Si jé veux téléphoner, qu'est-cé qué jé fais?

— On va au Domaine du chasseur, au bar du village.

— Jé veux y aller.

— Pour appeler qui?

— T'en poses des questions, toi. Allons faire un pétit tour dans lé bois et après on va aller en ville.

Pendant une bonne heure ils enjambèrent des troncs de bouleaux morts, traversèrent le ruisseau qui avait des allures de carte postale, écartèrent des branches pour se frayer un passage dans le sous-bois. Ils s'engagèrent dans une trail large comme une allée de cathédrale. Les sapins en bordure du sentier ployaient sous la neige, formant une haie d'honneur. La marche devint plus facile, parce que les rideaux d'arbres les protégeaient du froid. Carlo se sentait tout à fait à l'aise, comme s'il avait toujours connu les sentiers. Il sortit son couteau de poche et fit des entailles dans l'écorce de certains arbres.

— Attention d'abîmer les arbres, Carlo.

— C'est pour rétrouver la route.

— Je sais, mais c'est mieux de mettre des rubans fluo, ça fait pas de dommages.

— On a pas dé fluo, tu veux té perdre?

— Je connais cette forêt par cœur.

— T'en sais des choses, hein?

Pauline avait envie de lui dire que oui, elle en connaissait des choses. Mais elle ne répliqua pas, ne tenant pas à revenir sur son expérience, son âge. Elle eut peur soudain que Carlo ne veuille s'approprier sa maison, sa terre, son air, son âme. Elle n'allait pas se laisser faire. La propriété est une chose à laquelle on tient seulement quand on a peur de la perdre, que cette peur soit fondée ou non. Peut-être qu'elle avait tort de craindre Carlo, peut-être qu'elle n'était pas tout à fait guérie, que sa dépression continuait de la rendre un peu paranoïaque.

Vers trois heures, ils revinrent sur leurs pas. La maison ressemblait à un pain d'épices à cause de la neige qui la recouvrait comme un glaçage onctueux. Elle se revit enfant. Le printemps, l'été, l'automne, l'hiver. Quand tout fonctionnait à plein rendement, quand le poêle chauffait jour et nuit, quand l'eau coulait, quand le téléphone sonnait.

Au moins une fois par année, elle avait fait le pèlerinage avec Gilles et les enfants. Sa mère y tenait beaucoup. Mais les vieilles tensions remontaient à la surface et, en un rien de temps, Pauline refaisait ses bagages beaucoup plus tôt que prévu.

En voyant Carlo, sa mère aurait cru sans doute que Pauline était devenue cinglée. Oui, c'était une vraie folie de venir avec lui dans cet endroit isolé. Et si l'auto ne repartait pas? S'ils mouraient gelés? Ariane et Manuel pensaient-ils à elle? Et Gilles s'inquiétait-il? Et Réjeanne? Et Suzanne? Devrait-elle appeler Suzanne?

Vers six heures, quand le soleil se mit à rougeoyer de l'autre côté du champ, la maison avait repris vie. Ils purent remettre le matelas à sa place et envisager de passer la nuit dans la chambre de Suzanne à l'étage.

— Allons en ville, allons danser, allons chanter.

— Je suis si fatiguée.

— Ah Darling! Viens! Dé toute façon, faut achéter dé quoi manger, et puis moi, faut qué jé téléphone.

— Allons au Domaine du chasseur, c'est pas loin.

— Non, non. On sort pour dé vrai. On va à Rouyn, en ville.

LE LOUNGE

La Lada filait dans le rang de Cléricy. La silhouette des collines à l'ouest flambait en une longue bande incarnate. La neige avait fondu pendant la journée, mais à mesure que le froid s'installait pour la nuit, la chaussée se recouvrait d'une mince couche de glace noire par endroits. Les maisons éparses se dessinaient au trait fin au milieu d'arbres squelettiques. L'hiver semblait vouloir lâcher prise : la lumière crevait le ciel, la neige devenait poreuse.

— À Montréal, la neige est noire comme du charbon à cé temps-citte. Icitte elle est blanche et rose.

— Rose ?

— Ben oui, tou vois là-bas, là...

Pauline n'avait jamais autant remarqué que la neige épousait la teinte saumon du soleil couchant. Ce qui frappait davantage Pauline, c'étaient les maisons de fermes flanquées de motoneiges rutilantes qui se dressaient comme de vrais chiens de garde. Des ski-doos cerbères.

À D'Alembert, au virage de la route 101, Carlo voulut faire ses provisions de cigarettes et de bière.

— Attendons d'être en ville, il y a plein d'épiceries, ce sera moins cher. Pis as-tu de l'argent, toi ?

— Un pétit peu. Mais j'ai plous dé cigarettes pantoute.

— Prends-en des miennes en attendant.

— O.K.

Il rit, puis il entonna cette chanson grecque country de Nana Mouskouri qu'ils avaient chantée la veille.

Je finirai par l'oublier par le sourire
Vous mes amis vous essaierez de lui mentir

Pauline chanta à la tierce comme elle faisait avec son père quand elle était petite. Elle rêvait alors d'être une chanteuse, une bonne chanteuse country, pas une cantatrice, ni une auteure-compositeure, mais une vraie bonne chanteuse country, genre Dolly Parton. Son rêve était resté un rêve, elle ne chantait presque plus depuis qu'elle était partie de chez elle à vingt ans pour étudier à Montréal. Sa mère avait insisté pour qu'elle ait un vrai métier avant de penser à chanter. On ne pouvait gagner sa vie en chantant et en jouant du piano. Elle avait choisi les lettres, un peu pour contenter sa mère mais surtout parce qu'elle aimait aussi écrire. Des poèmes, des chansons. À l'université, elle avait rencontré Gilles, s'était mariée à vingt-trois ans, avant d'avoir terminé ses études, puis elle était tombée enceinte une fois, deux fois, coup sur coup. Quand Manuel commença l'école, elle voulut travailler près de chez elle et c'est ainsi qu'elle avait abouti comme secrétaire à tout faire à *L'Étoile de Montréal-Nord*.

— Tou chantes bien, tou dévrais chanter avec moé dans mes shows.

— Es-tu fou? J'serais jamais assez bonne pour ça. J'ai jamais appris le chant.

111

— Y a ben des chanteurs qui ont jamais appris lé chant. Moé, par exemple, j'ai jamais appris, pis jé chante quand même.

— Sais-tu lire la musique au moins?

— C'est pas nécessaire. Tou t'en fais trop pour rien.

Quand ils arrivèrent à Noranda, Carlo demanda à Pauline d'arrêter au premier téléphone.

— Tu m'as toujours pas dit qui tu voulais appeler.

— Ah!... quelqu'un, un ami comme ça qué j'ai rencontré à Montréal et qué jé sais qu'il reste à Rouyn. C'est un chanteur lui aussi.

Pauline s'arrêta de mauvaise grâce au dépanneur Minute et, quand Carlo revint dans l'auto, elle se voyait déjà chanter à ses côtés dans un bar de l'Abitibi.

— Tu l'as rejoint?

— Qui ça?

— Ben, ton ami chanteur.

— Oui, oui... ben sûr.

— Bon.

Ils se rendirent ensuite à la salle à manger de l'hôtel Albert en pleine rue Principale, où Pauline espérait ne rencontrer aucune de ses connaissances. Le lounge était bondé comme tous les jeudis soirs et la salle rougeoyait dans la fumée de cigarette. Elle ne reconnut personne. Carlo la devança, s'assit au bar et la serveuse lui apporta une bière comme si elle le connaissait déjà. Pauline se dirigea vers les toilettes et, en passant devant la cabine téléphonique, elle se dit qu'il fallait bien qu'elle appelle Gilles. Elle fouilla dans son sac pour trouver de la monnaie. Elle n'en

112

avait pas assez pour faire un interurbain et elle alla au bar demander à la serveuse de lui changer un dix dollars. Carlo arrêta de parler et fit les présentations.

— Cathy, c'est Pauline.

— Allô Pauline...

— Allô Cathy...

La serveuse décocha un regard à Carlo, remit la monnaie à Pauline et se plongea aussitôt dans son évier pour laver des verres. Carlo ne se rendit compte de rien, trop réchauffé qu'il était par l'atmosphère. Il nageait dans son eau, c'était évident.

— Je vais téléphoner aux enfants.

Carlo fit semblant de ne rien entendre. Pauline retourna à la cabine téléphonique.

— Allô!

— Allô! Gilles?

— Ah! Maman, enfin t'appelles. Es-tu toute seule?

— Bien oui, bien sûr, Gilles. Les enfants sont là?

— Oui mais ils sont en train de faire leurs devoirs... Réjeanne est tout près, veux-tu lui dire un mot?

— Pas tout de suite, passe-moi d'abord Manuel, veux-tu?

— Un instant...

Pauline entendit Gilles appeler Manuel et Ariane.

— Allô môman!

— Manuel, comment tu vas?

— Quand est-ce que tu reviens?

— Ça sera pas long, dans une semaine, quand je vas aller mieux.

— T'es chez grand-papa?

113

Quand Pauline voulut lui répondre, Manuel était déjà parti et Ariane avait pris le relais.

— On a bien hâte que tu reviennes...

— Ça fait juste deux jours que je suis partie. Ça va bien?

— Ah, moi ça va...

— C'est Manuel d'abord?

— Ah, lui, on peut dire que ça va...

— Parle plus fort, je t'entends pas.

— Bon ben, je vas retourner regarder *Goldorak* avec Manuel.

— Tu fais pas tes devoirs.

— On a fini, bye môman, chus pressée.

— Passe-moi Réjeanne.

Réjeanne se pointa vite au téléphone.

— Ça va Pauline, t'es pas trop fatiguée du voyage?

— Non, toi ça va?

— Ça va... ça va. Les enfants sont fins.

— Puis Gilles?

— Ah!... il était bien inquiet.

— Il est à côté de toi?

— Non...

— Bon, bien, je vais te laisser, j'ai des commissions à faire au dépanneur.

— Reposez-vous bien. Take care.

Réjeanne raccrocha le téléphone sans que Pauline ait pu rétorquer quoi que ce soit. « Reposez-vous bien. » Pourquoi le pluriel? Elle aurait pu s'en empêcher. Gilles aurait pu entendre. Pauline ne comprenait pas très bien. Pourquoi avait-elle ce pincement au cœur? Cela lui laissa un goût de sable dans la bouche.

Elle traversa le hall et revint dans le lounge. La musique disco étouffait à peine la rumeur des voix qui s'animaient autour des tables remplies de bière moussante. Carlo était toujours en grande conversation avec la serveuse derrière le comptoir. Elle hésita entre dire des bêtises à Cathy, retourner à Cléricy toute seule sans Carlo et s'attabler avec un inconnu, mais elle revint s'asseoir sagement sur son tabouret. Elle laissa Carlo achever sa phrase puis elle dit :

— Je viens de parler à Réjeanne.

— Qué c'est qué t'as? On dirait qué tou as oun malheur.

— Non, c'est pas ça, mais c'est bizarre...

— T'es pas jalouse au moins, non, Darling? Tou penses pas qué ton mari puis Réjeanne... Ah non! Jé trompe, tou trompes, il trompe, nous trompons...

Pauline baissa les yeux. Carlo avait peut-être raison, Gilles pourrait lui rendre la monnaie de sa pièce. Johnny Cash se plaignait dans le juke-box : *It's all over, I was broken in a million little pieces.*

Ils passèrent à la salle à manger. Ils n'étaient pas aussitôt assis que deux grands verres d'eau aboutirent sous leur nez. Sur sa tête grisonnante, la serveuse, qui s'appelait Colette et qui connaissait tout le monde, portait une coiffe d'infirmière, et sa jupette noire, protégée par un tablier empesé, révélait des jambes variqueuses qu'on oubliait dès qu'elle se mettait à sourire. Elle parlait aux hommes surtout, et quand elle ne les reconnaissait pas, elle s'arrangeait pour tout savoir sur eux en moins de temps qu'il n'en faut pour cuire un œuf mollet.

— T'es pas d'icitte, toi, comment tu t'appelles?

— Carlo.

— Carlo qui?

— Frascati.

— Frascati. Pourquoi pas Chianti tant qu'à faire. T'es italien, je suppose?

— Oui, mais jé souis icitte dépouis dix ans.

Pauline intervint, ahurie.

— Dix ans? Me semblait que tu m'avais dit un an? Ou deux ans, j'sais plus.

— Ben non Darling, jé t'ai dit dix ans...

— Je suis sûre que tu m'avais dit un an. Ou deux ans...

Colette s'empressa de tout arranger, comme une vraie mère le fait quand les enfants se chamaillent.

— Entécas, chicanez-vous pas pour ça. Toi par zembe, j't'ai déjà vue. T'es une des filles à Arthur, Arthur Cloutier sur le chemin de Cléricy. T'es-tu Suzanne?

— Non, moi, c'est Pauline.

— Ah oui, t'es la plus jeune, j'vous mêle toutes les deux. Je vois pas souvent ta sœur, mais son mari vient dîner icitte presque tous les jours.

— ...

— Pis ton pére, y est mort?

— Oui, c'est ça.

— Pauvre 'tit pére, y a cassé sa pipe. Faut dire qu'y était assez vieux, le bonhomme. Mais ça fait rien, y m'aimait ben, parce que mon frère avait travaillé avec lui dans les chantiers de la C.I.P. Pauvre Ti-Thur, y avait toute sa tête, pis quand y avait un p'tit coup dans le nez, y faisait des tabarouettes de bonnes jokes. Des fois j'y pense, pis j'ris encore. Tins, j'm'en rappelle d'une... Attends, m'as aller vous chercher le menu, grouillez pas.

C'était bien la dernière chose que Pauline voulait entendre. Elle les savait toutes par cœur, ses histoires, les ayant entendues chacune au moins cinquante-six fois dans au moins trente-trois versions différentes. Au moment où la serveuse revenait avec le menu, prête à raconter son histoire, de nouveaux clients arrivaient.

— Ah ben si c'est pas Roméo...

Pauline se sauva de justesse d'une séance de « racontage ». Carlo était séduit par l'empressement et la chaleur de cette femme qui lui rappelait, disait-il, sa grand-mère en Italie. Et lui, Carlo, il devait ressembler à un des fils de Colette, car elle lui prêta une attention toute particulière, se comportant le reste du repas à peu près comme si Pauline n'existait pas. Elle était séduite par l'accent italien de Carlo qui lui rappelait celui de Roberto, l'ami d'un ami. Et Carlo en remettait, faisant son poli, multipliant les compliments. Cathy n'était pas loin derrière Colette, et Carlo, tout en savourant son pâté au poulet, regardait de son côté, si bien qu'on ne pouvait pas savoir si ses yeux de husky dardaient sur Cathy ou sur Colette. Pauline avala son club sandwich un peu de travers. Qu'est-ce qu'il avait ce Carlo à faire tomber toutes les filles?

Vers la fin du repas, Colette plaça discrètement l'addition près de Carlo qui la refila à Pauline. Pauline commençait à penser qu'elle n'aurait pas assez d'argent pour manger ainsi au restaurant tous les soirs de la semaine.

— C'est loin, l'hôtel Henri?

— Non, c'est juste quelques rues plus haut sur la Main, entre la Taschereau et la Cardinal-Bégin. Pourquoi tu veux savoir ça?

— Cathy m'a dit qu'y avait un bon show country là cé soir.

— Cathy?

— Ben oui, la serveuse dou bar avec qui jé parlais quand t'es revenue dé téléphoner.

— Qu'est-ce que tu veux, je suis un peu mélangée dans tes petites amies, Cindy, Shirley, Cathy...

— Voyons, Darling, c'est des filles qué jé connais comme ça, c'est toute.

— Bon! Oublie pas qu'y faut aller faire un petit marché au dépanneur pour la fin de semaine.

— Rélaxe, Darling. On peut y aller plous tard. Come on! Viens à l'hôtel Henri.

Elle céda une fois de plus.

LE SHOW

Quand ils sortirent sur la Main, le froid leur fouetta le visage. Ce froid de mars, un peu gras, charriait derrière lui un soupçon de tiédeur. Les rigoles sur le trottoir s'étaient figées et Carlo sautillait de l'une à l'autre, prenant plaisir à faire craquer la pellicule de glace qui s'était formée. Derrière lui, Pauline marchait lentement, la tête basse. Elle aurait eu le goût de se laisser aller, de courir avec Carlo, de briser la glace elle aussi, de faire la folle. Mais elle devait conduire pour retourner à Cléricy. Elle était en convalescence, loin de son mari, de ses enfants, de son travail, de son chien, de son chat, mais elle n'arrivait pas à dételer. Et, au train où allaient les choses, Carlo ne serait pas l'ange gardien qui l'aiderait à remonter la côte, loin de là.

— Carlo, attends-moi!

Carlo s'arrêta soudain, rebroussa chemin et vint la rejoindre en courant. Il l'embrassa et l'entraîna par la taille devant la porte de l'hôtel Henri.

— Darling, jé souis bien icitte, dans Rouyn. Viens-t'en, on va écouter dé la belle country music.

Le hall d'entrée de l'hôtel était presque aussi dénudé que celui du Château Malartic. Au fond du lounge, on distinguait à peine des tables de billard.

Des hommes flânaient autour et parlaient fort en riant. Les panneaux de préfini foncé rendaient les murs encore plus sombres et les contours des visages se dissolvaient dans la fumée compacte. Près de la scène qui pouvait servir aussi de piste de danse, elle reconnut un homme de Bellecombe, un ami d'Arthur, qui était souvent venu manger à la maison de Cléricy. Il se penchait sous la table pour sortir sa bouteille de rye camouflée dans un sac de papier brun. Le visage couperosé, il parlait la bouche molle à sa femme toute décoiffée. Pauline, mal à l'aise, voulut entraîner Carlo dans le fond de la salle pour éviter qu'on la reconnaisse. Mais Carlo insista pour s'installer juste en face de la scène.

Heureusement, l'homme de Bellecombe était déjà très éméché, ce qui permit à Pauline de passer près de lui sans qu'il la remarque. Elle ne tenait pas du tout à ce que sa sœur Suzanne sache qu'elle était en ville et encore moins le mari de sa sœur, le docteur Yves Mauger. Son père riait beaucoup de la ressemblance entre les noms de ses deux gendres : Gilles Auger, Yves Mauger. Gilles avait le M en moins. Et cette Colette qui l'avait reconnue à l'hôtel Albert, c'était bien assez risqué ! Dans une petite ville, les rumeurs se faufilent à la vitesse du son, sinueuses et sournoises comme des serpents.

Des musiciens accordaient leurs instruments en attendant le show. Une chanteuse à la veste de cuir frangé se planta derrière le micro. On la distinguait à peine même si elle était perchée sur des maxi-talons aiguilles. Ses longs cheveux noirs obstruaient la moitié de son visage quand elle se courbait derrière le lutrin pour tenter de lire les mots de sa chanson. Pauline avait entendu mille fois chanter *Easy from now on* par Emmylou Harris sur son microsillon *Quarter Moon in a Ten Cents Town*. Pauline aimait cette chanson autant que *La Ballade de Lucy Jordan* ou *Darling* ou *Je finirai par l'oublier*. Mais ce qu'elle entendait n'avait rien à voir avec la voix chaude d'Emmylou Harris, cette voix qui l'avait si souvent bercée.

La fille chantait comme un rhume de cerveau et, de plus, elle butait sur les mots à la façon des myopes quand ils deviennent presbytes. L'enfer. Après les derniers accords, elle s'avança pour saluer le public qui se mit à applaudir à tout rompre. C'est alors seulement que Pauline reconnut Shirley Tétrault, la serveuse du Château Malartic, à sa crinière noir corbeau et à ses yeux de khôl. Carlo jubilait en sifflant.

— C'est elle qui t'a dit qu'elle chanterait ici ce soir? Elle t'a donné rendez-vous?

— Non, non... jé té l'ai dit, Cathy a jouste dit qu'y avait un show country icitte. Jé savais pas qué Shirley chantait icitte, jé té joure. C'est bon, hein?

— Je trouve qu'elle chante ben mal. Pourtant c'est une belle chanson.

— C'est sûr qué c'est pas Emmylou Harris, mais c'est pas pire pantoute.

— J'trouve pas. Pas vraiment.

— T'es jalouse, Darling.

— Non, non...

Shirley Tétrault était déjà repartie dans *Rich Man* qu'elle s'appliquait à massacrer dans ses moindres bémols en essayant d'imiter Terri Gibbs. Pauline tiquait et soupirait à toutes les fausses notes alors que Carlo le musicien, l'artiste, le pro, était aux anges.

— Elle chante faux, ça a pas d'allure.

— Mais non Darling, c'est pas faux, c'est sa voix qui est comme ça...

— Mon hostie, dis-moi-le que c'est Shirley qui t'a parlé du show hier à Malartic.

— Mais non, Darling. Rélaxe.

— Dis-moi-le que c'est à elle que tu voulais tant téléphoner.

— Qu'est-cé qué ça peut té faire? Laisse-toi aller, Darling.

— Facile à dire. T'as tout manigancé dans mon dos.

— Easy, Darling. Arrête ta calculatrice.

Carlo retourna sa chaise pour être bien en face de l'estrade où se décomposait Shirley Tétrault en estropiant *Oh Daddy*. Pauline fixa la nuque de Carlo et elle eut envie de crier. Elle en avait plein le dos, plein le cœur, plein la tête, plein le ventre, plein le cul. À la fin de la chanson, Shirley prit le micro à deux mains pour présenter ses musiciens.

— À la guitare, René Côté, à la basse, Gerry Taylor, au violon et à l'harmonica, Ted Brisebois.

Puis elle tendit les bras vers Carlo pour qu'il rejoigne le groupe sur l'estrade.

— Mesdames et Messieurs, Carlo Frascati, un chanteur-guitariste de Montréal qui va chanter une chanson avec moi : *Darling*, la belle chanson de Renée Martel.

Trop, c'était trop. Pauline se leva, mit son manteau et se dirigea vers la sortie. Elle se sentit défaillir.

Elle pensa une seconde qu'elle pourrait se rendre chez sa sœur, ne plus jamais donner signe de vie à Carlo. Mais elle ne pouvait pas se résigner à tout recommencer, à tout lui expliquer, à reparler de la mort de leur père. Elle dévala la rue Principale déserte et regagna sa Lada en face de l'hôtel Albert. Elle démarra, mit le chauffage pour que les vitres se désembuent et se dirigea en trombe vers la route de Cléricy.

Elle remit la cassette de Marianne Faithful à tue-tête. La chaussée était devenue très glissante par endroits, mais elle ne s'en rendait pas compte. Un croissant de lune rousse flottait dans le ciel. Elle ne parvenait pas à pleurer, elle ne devait pas pleurer. Pourvu qu'elle arrive à Cléricy, qu'elle dorme une bonne nuit. Ensuite, elle verrait. Elle ne voulait pas retourner vivre avec Gilles, mais son maigre salaire de secrétaire ne lui permettait pas de vivre décemment avec ou sans les enfants. Elle pourrait les laisser à Gilles et aller les voir de temps à autre. Elle se débrouillerait. D'ailleurs ses enfants ne lui manquaient pas vraiment et elle était la première à s'en étonner. Était-ce normal? Elle ne pourrait jamais avouer une telle chose à qui que ce soit. Elle aurait dû avoir honte.

Dans le tournant de D'Alembert, des larmes finirent par lui brouiller la vue. Elle chercha un kleenex dans son sac. Le volant lui échappa un instant, elle l'agrippa, mais la voiture n'obéissait plus et glissa dans la voie inverse. Pauline donna un coup de volant et freina brusquement. Puis tout devint flou, se mêla dans les larmes, le parapet bordé de cataphotes, le camion illuminé comme un arbre de Noël, le fossé.

Quand l'auto arrêta sa course, Pauline ne sentit rien du tout, paralysée par le choc. Quelques instants ou quelques heures plus tard (elle ne savait plus), elle eut l'idée d'ouvrir la portière. Une grande douleur lui traversa le corps. Elle cria du fond de son âme et perdit connaissance.

LA CASSURE

Elle reprit vaguement ses esprits dans l'ambulance qui l'amenait au Centre hospitalier de Rouyn-Noranda. Un masque à oxygène l'aidait à respirer et à mieux tolérer cette douleur qui lui sciait le corps en deux. Le mal occupait toute la place et l'empêchait d'articuler le moindre mot. Puis un grand cri lui échappa qui l'anesthésia quelques instants. Dès qu'elle cessa de hurler, le mal reprit, plus vif encore. L'ambulancier qui était assis près d'elle lui dit de patienter, qu'elle était sur le point d'arriver à l'urgence. Elle s'évanouit à nouveau.

Quand elle reprit conscience, elle était entourée de bouteilles et de cadrans électroniques. Elle voulut remuer son pied gauche, mais elle s'aperçut qu'il était fixé à une planche par des sangles. Une sorte de carcan l'empêchait également de se tourner vers la porte pour voir qui entrait. La tête d'une infirmière émergea au-dessus de sa civière.

— Où avez-vous mal?

— Partout.

— C'est impossible, ça doit bien vous faire plus mal quelque part.

— Là, partout, donnez-moi quelque chose pour me soulager, j'en peux plus, j'vas mourir.

— J'peux rien vous donner tant que le médecin vous aura pas examinée.

— Quand est-ce qu'y va venir, le médecin?

— Dès qu'il va être libre. Il est tout seul cette nuit. Il est sur un arrêt cardiaque, ça peut être long. Connaissez-vous quelqu'un qu'on pourrait appeler, un parent, un ami, qui pourrait vous accompagner? Votre mari peut-être?

— Non, non, non. Mon mari est à Montréal.

— Un ami?

— Oui, Carlo Frascati.

— Avez-vous son numéro de téléphone?

— Non mais je sais qu'il est à l'hôtel Henri.

— Voulez-vous que je l'appelle?

— Vous pouvez toujours essayer... si vous arrivez à le rejoindre.

Quelques minutes plus tard, l'infirmière lui annonça que Carlo viendrait la voir, mais Pauline souffrait trop et ça lui était devenu égal qu'il vienne ou qu'il ne vienne pas. La douleur s'était précisée dans toute la moitié gauche de son corps. Elle aurait voulu qu'on lui extraie cette partie qui la faisait gémir. Comme une dent de sagesse incluse. Combien de temps se passa-t-il avant qu'un médecin arrive près d'elle et se mette à l'examiner? La vie s'était arrêtée et le mal la tuait à petit feu.

— Si je touche ici, est-ce que ça fait mal?

— Aïïïïïïïïïïïïïïïie!

— Criez-pas, madame, je suis le docteur.

— Aïïïïïïïïïïïïïïïie!

— Bon, j'ai compris. On va vous amener à la radiographie.

Au même moment Carlo entra dans la salle. Son blouson de cuir était tout ouvert et il sentait la bière à plein nez.

— Darling, qu'est-ce qui t'est arrivé? C'est toute dé ma faute, ça, c'est toute dé ma faute. C'est grave, docteur?

— J'en suis pas certain mais je pense qu'elle a une fracture du bras, peut-être au col de l'humérus, et qu'elle s'est cassé ou fêlé quelques côtes... et qu'elle s'est aussi luxé le genou. Mais il faut l'envoyer à la radiographie.

— Donnez-lui quelque chose pour la soulager.

— Je ne peux pas, on va peut-être l'opérer...

Pauline voyait dans une sorte de brume des larmes couler sur les joues de Carlo. Elle était contente que Carlo lui prenne la main. Puis il ne dit plus rien. Quand elle gémissait, il pressait ses doigts davantage dans la paume de sa main. Ce seul contact la réconfortait. Elle pensait bien qu'elle allait mourir ainsi, à la fois d'une souffrance infernale et d'un amour lamentable.

Une heure s'écoula avant que le médecin ne revienne confirmer le diagnostic de l'examen : tout le côté gauche était amoché. Il ne fallait pas opérer, seulement mettre un plâtre au bras, un bande élastique au genou. Pour les côtes, il n'y avait rien à faire : les fêlures, comme les peines d'amour, guérissent avec le temps. Pauline devait être hospitalisée quelques jours pour que la morphine se fraie un chemin dans la douleur, le temps d'apprendre à vivre malgré une moitié de corps invalide pour l'instant.

Les infirmières s'activaient autour de Pauline, qui gémissait chaque fois qu'on déplaçait une parcelle de son corps. On lui administra finalement sa dose de morphine. Carlo en profita pour descendre prendre un café, il avait besoin de se dégriser. Quand il remonta dans la chambre, Pauline dormait profondément. Elle aurait eu tout à fait l'air d'une momie, n'eût été de sa position inclinée. Ses petits cheveux blonds tout raides allaient dans tous les sens sur l'oreiller, on aurait dit une vieille petite fille. Son bras gauche était enveloppé dans un immense plâtre maintenu à l'épaule par une écharpe. Carlo resta près d'elle au moins une heure, à somnoler. Puis elle se réveilla en criant.

— Carlo, Carlo.

— Jé souis là. Inquiète-toé pas.

— J'ai rêvé que t'étais parti avec Shirley.

— Non, non, jé reste là. Tou sais où est la voiture?

— La voiture?

— Oui, ta Lada?

— Oh! Dans un fossé quelque part. Sur la route.

— Où?

— Je sais plus, passé D'Alembert, je pense. Elle doit être *kaput.*

Pauline se rendormit. Carlo resta près d'elle encore quelques minutes, puis quand il vit qu'elle respirait normalement, il en profita pour partir. Il neigeait abondamment.

SŒUR SUZANNE

— Réveillez-vous, il faut que je prenne votre température.

— Qu'est-ce que je fais ici?

— Vous avez eu un accident d'auto, vous vous êtes cassé le bras. Allez, on va essayer de se lever, je vais vous montrer comment.

— Où est mon ami?

— Le petit Italien d'hier soir, c'est votre ami ça?

— Carlo, où est Carlo?

— Il est resté un bon bout de temps puis il est parti. Il a rempli tous vos papiers. Il a dit qu'il reviendrait aujourd'hui.

— Il vous a pas dit où il allait?

— Il savait pas où aller justement, il est pas d'ici, hein? Il aurait pu aller chez votre sœur, mais il a pas voulu.

— Chez ma sœur? Ma sœur est au courant que je suis ici?

— Non, non, il a pas voulu qu'on lui dise justement. Il a même insisté. On aurait bien voulu l'aider, mais il y avait rien à faire. Les policiers sont venus pour votre auto. Vous dormiez, ils vont revenir vous voir.

— Mon auto, ah oui mon auto...

Pauline retourna dans ses rêves hallucinés. Plus tard dans la matinée, une femme bien habillée, l'air affolé, entra dans la chambre.

— Pauline, qu'est-ce qui t'est arrivé?

— Suzanne, comment ça se fait...

— C'est Yves qui m'a dit que t'étais là. En arrivant à l'hôpital ce matin, il a su que t'avais eu un accident. Pourquoi tu m'as pas appelée pour me dire que tu venais à Rouyn?

— Je... Je...

— La famille, c'est la famille, Pauline. T'aurais dû me le dire.

— Mais...

Pauline était dans les vapes. Le temps n'existait plus, les événements s'enchevêtraient, elle n'arrivait plus à comprendre. Quand elle rêvait, elle se demandait si c'était la réalité et quand elle était réveillée, elle se demandait si elle rêvait. Elle crut vaguement entendre une conversation entre Carlo et Suzanne, mais elle n'arrivait pas à s'y mêler même si au fond d'elle-même elle aurait voulu intervenir.

— Vous connaissez ma sœur Pauline?

— Oui, jé souis un ami.

— Alors vous allez m'expliquer. Comment ça se fait qu'elle est ici, toute seule, sans son mari?

— Comment vous avez sou qu'elle était à l'hôpital?

— Mon mari est médecin. Je suis venue tout de suite. Étiez-vous avec elle quand elle a eu son accident?

— Non, jé souis arrivé après.

— Je comprends plus rien. Comment vous vous appelez?

— Carlo Frascati. Jé suis un ami, c'est toute. Je suis venu de Montréal avec Pauline avant-hier, elle voulait sé réposer à Cléricy.

— À Cléricy? Mais la maison est fermée pour l'hiver. Qu'est-ce qui lui a pris? Elle est rendue folle, ma grand-foi du bon Dieu.

— Oui, jé pense. Non... c'est pas ça qué jé veux dire...

— Gilles sait pas qu'elle est à Rouyn?

— Gilles?

— Son mari, voyons.

— Jé sais pas.

Puis il y eut un long silence et Pauline arriva à bouger un peu.

— Aïïiiiïïiiïïiiïïiiïïiïïie!

— Allô Pauline, c'est moi, Suzanne, où as-tu mal?

— Aïïiiiïïiiïïiiïïiiïïiïïie!

— Arrête de crier, ça donne rien, ça va te faire plus mal.

Carlo fit le tour du lit et prit la main de Pauline qui entrouvrit les yeux.

— Ah! c'est toi Carlo. Ouf! J'ai eu peur, j'ai cru une minute que ma sœur était à côté de moi...

— Ta sœur est là aussi, Pauline.

— Les écureuils sont revenus, veux-tu les faire partir?

— Jé comprends pas du tout cé qué tu dis.

— 'Scuse-moi, je sais pas ce que j'ai. Aïïiïïie!...

Suzanne se pencha au-dessus de Pauline et cria presque.

— Arrête de crier Pauline, c'est moi Suzanne, ta grande sœur.

— Réjeanne??? Regarde, les écureuils mangent les graines d'oiseaux. Il faut les envoyer...

Carlo se plaça devant Suzanne qui dut reculer un peu.

— C'est pas Réjeanne, c'est ta sœur Suzanne. Calme-toi, Darling. Il y a pas des écureuils icitte. J'ai pas lé nouméro dé Réjeanne.

— Là, dans mon sac. Les écureuils... des rats du dimanche, il faut les surveiller.

Suzanne s'interposa alors entre Carlo et Pauline.

— Je vais t'amener chez moi, je vais te soigner...

— Non, Suzanne, je veux pas aller chez toi.

— Arrête de faire la difficile. T'es mal prise, on va t'aider.

— Les écureuils... mon amour.

Pauline retourna dans les dédales de son trip. Suzanne se rembrunit et Carlo s'imagina qu'elle venait de tout comprendre, qu'il n'aurait pas à s'expliquer davantage. Elle ravala sa salive et observa une bonne minute de silence.

— Où est-ce que vous restez, vous, à Rouyn?

— J'étais à Cléricy avec Pauline. Mais là, jé sais pas...

— Vous pouvez toujours venir chez moi en attendant qu'on retrouve l'auto.

— Jé sais pas conduire.

— Au fait, où est-ce qu'elle est son auto?

— Jé sais pas, il faut démander à la police. Peut-être sur la route dé Cléricy. Jé sais pas.

— Comment ça, vous savez pas? Vous m'avez pas dit que vous étiez allé la retrouver?

— Non, jé travaillais.

— Vous travailliez?

— Oui, jé chantais à l'hôtel Henri.

— À l'hôtel Henri? Mais vous restez pas à Montréal?

— Oui, jé reste à Montréal, mais jé souis vénou icitte travailler quelques jours, c'est pour ça qué jé souis avec Pauline.

— Ah bon! Je comprends. Comme ça, vous êtes juste une connaissance. Excusez-moi, mais j'ai cru que vous étiez...

— Son chum?

— Excusez-moi, elle a dit « mon amour », vous avez dit « Darling ».

— Pauline dit n'importe quoi, c'est la dope. Darling, c'est un surnom.

— Je dois parler à Gilles.

— Parlez-loui pas dé moé, c'est pas nécessaire. Il comprendrait pas.

— Bon, bon, je comprends pas, moi non plus. Voulez-vous venir habiter chez moi?

— Jé vais rester un peu icitte avec Pauline, on va s'en parler.

— Bon, comme vous voulez.

Carlo resta longtemps interdit après le départ de Suzanne, comme après un coup de vent. Suzanne, sous des dehors un peu rêches, semblait plutôt généreuse et il se demanda pourquoi Pauline ne voulait pas accepter son invitation. Il aurait bien aimé s'étendre sur un vrai lit et dormir quelques heures.

Il sortit de la chambre et, au bout du long couloir, l'horloge indiquait dix heures trente. Au calendrier, il vit que c'était le vendredi 26 mars 1982.

133

L'heure et la date étaient les deux seules choses à peu près certaines dans sa vie. Il ramena un cendrier près d'une chaise, se roula une cigarette qu'il dégusta lentement. Tout le reste s'estompait dans un réel plus mouvant que les volutes de fumée qui se mêlaient à l'odeur de l'hôpital. Il écrasa son mégot, il eut aussitôt envie d'un bon joint ou d'une ligne de coke. Il se dirigea vers la sortie, mais il fut pris de remords et décida de revenir encore un peu au côté de Pauline, qui divagua par moments entre des épisodes de sommeil comateux.

LE BEAU-FRÈRE

Tout se passa exactement comme Pauline ne l'avait pas voulu. Vers la fin de l'après-midi du dimanche, Yves et Suzanne vinrent la chercher à l'hôpital. Suzanne avait pris en main les opérations de transfert à la maison. Elle avait rejoint les policiers qui avaient déjà fait remorquer la Lada. Elle avait appelé Gilles, qui était catastrophé, et n'avait rien dit à Pauline des plans de son mari : il voulait prendre l'avion dès que la Lada serait réparée et ramener Pauline dans sa voiture à Montréal.

Suzanne avait installé sa sœur dans le vivoir du sous-sol sur un divan profond qui donnait sur un foyer solennel. Le vieux piano de sa mère dormait dans un coin sombre, le clavier fermé. Elle devait rester assise, même pour dormir, à cause de la traction de son bras en écharpe, et toute la nuit elle faisait face à ce piano sur lequel elle avait tant joué quand elle était chez ses parents. Il lui semblait que sa mère la surveillait à travers ce piano qu'elle ne pouvait toucher.

Tout s'organisait tant bien que mal, sauf pour Carlo qui se demandait ce qu'il faisait dans cette galère. Il avait l'air d'un barbet boueux qui s'ébroue dans des draps de satin, comme si c'était la première fois de sa vie qu'il mettait les pieds dans une maison aussi cossue. De son sous-sol, Pauline entendait tout ce qui se passait au rez-de-chaussée. Yves offrit à Carlo la chambre d'amis, mais il refusa.

— Restez au moins à souper, ma femme ira vous conduire où vous voulez après.

— Jé souis inquiet de ma guitare, jé l'ai laissée dans la maison à Cléricy. Jé fais jamais ça d'habitude.

— Il y a du chauffage électrique.

— Ouais, c'est vrai. Mais j'ai bésoin dé pratiquer. J'ai un show à Montréal mardi soir.

— Ah oui? Un show de quoi?

— Jé souis chanteur.

— Vous chantez? Rappelez-moi donc votre nom.

— Jé né souis pas encore très connou, ça vous dira rien.

— Mais encore, au cas où...

— Carlo Frascati.

— Carlo Frascati?

— C'est ça.

— Ça me dit quelque chose ce nom-là...

— Un vin blanc.

— Ah oui! un petit vin italien, mais c'est pas ça... Êtes-vous déjà venu dans la région?

— Euh... non... c'est la première fois.

— J'arrive pas à me rappeler, mais ça me dit quelque chose votre nom...

— Venez au salon prendre un verre pendant que ma femme prépare le souper. Combien ça fait de temps que vous êtes ici?

— Trois quatre jours.

— Je veux dire au Québec.

— À peu près un an.

— Vous avez vite appris le français. Je vous félicite. Installez-vous, on va jaser. Scotch? Rye? Vodka? Rhum? Tequila? À moins que vous aimiez mieux une bière. J'ai de la Corona.

— Oune Molson, s'il vous plaît.

— Ah! Ça je regrette, j'en ai pas.

— Oune tequila, d'abord. Straight avec dou sel et pis dou citron à part.

— Vous connaissez ça, vous.

À travers les bruits de verre, de glaçons, le piétinement, Pauline pouvait quand même suivre leur conversation. Elle n'était pas surprise de la précision des réponses de Carlo. Il répondait n'importe quoi et il « embellissait » certains épisodes de son passé pour les gens trop curieux. Son fond de vérité, il le gardait inaccessible.

— Où chantez-vous à Montréal?

— Au Zoobar, des places dé même.

— C'est là que vous avez rencontré Pauline?

— Non, pas vraiment.

— Comment vous l'avez rencontrée?

— Comme ça, dans un bar où jé chantais.

— Ah oui?

Yves ne s'était jamais intéressé à Pauline. Il n'avait jamais beaucoup parlé à Gilles, non plus, les fois qu'ils s'étaient vus. Il le considérait comme un minable propriétaire de Ford familiale. Pauline s'étonna qu'il entretienne une si longue conversation avec Carlo.

Suzanne s'agitait dans la cuisinette. C'est fou le nombre de pas que sa sœur pouvait faire sur un plancher d'environ 64 pieds carrés. À l'heure du souper, Pauline entendit les fils Mauger arriver. Elle pensa soudain que ses neveux étaient à peine plus jeunes que Carlo. Marc, l'aîné, avait presque vingt ans; il finissait son cégep et voulait aller en médecine, comme son père dont il était la copie conforme : cheveux blonds coupés ras, joues potelées, sourire étriqué. Antoine, le cadet, semblait une erreur dans cette maison. Il avait les cheveux noirs, longs, il avait l'habitude de porter des t-shirts d'Ozzy Osborne et ne parlait pas beaucoup. Il y eut des effluves de rosbif, des bruits pressants de casseroles, de portes de frigo, de micro-ondes, de vaisselle. Puis un silence s'installa, juste après un frottement de chaises autour de la table. Suzanne, qui n'avait pas dit un mot de tout ce temps, se mit à parler assez fort pour qu'on l'entende dans toute la maison.

— Ma sœur Pauline a toujours aimé le western.

— C'est pas du western, maman, c'est du country.

— Antoine, interromps pas ta mère.

— Ça existe plus du western, ça, pôpa, on appelle ça du country.

— Antoine, qu'est-ce que je t'ai dit? Ah puis du western ou du country, c'est toute la même musique quétaine.

Suzanne se remit à raconter son histoire de famille.

— Vous permettez que je continue? Qu'est-ce que je disais donc? Ah oui, Antoine tient de son grand-père Arthur. Il y avait des bons musiciens dans la famille des Cloutier, des chanteurs, des joueurs d'accordéon, de guitare, de violon. Pauline a toujours fait de la musique. Elle était bonne, en plus. Je sais pas pourquoi elle s'est pas en allée là-dedans. Elle chantait avec mon père des chansons de Marcel Martel, d'Oscar Thiffault, de Johnny Cash.

— Ah ben ça, si c'est pas du western. Viens pas me dire, Suzanne, que du Willie Lamothe, c'est pas du western.

— Vas-tu me laisser finir, Yves? C'était bien beau de les entendre, Pauline pis mon père, mais ma mère détestait ça... moi aussi d'ailleurs, un peu... Nous autres, on aimait le classique, rien que le classique.

— J'comprends donc. C'est pas de la vraie musique, le western, c'est de la sous-musique, de la quétainerie, comme le rock'n'roll pis le heavy metal. La musique classique, l'opéra, c'est rien que ça qu'on aime nous autres, hein Suzanne?

— Arrête, Yves, arrête! Tu fais de la peine à Antoine.

— Ah Antoine! j'ai compris. Faut pas vexer ton p'tit Antoine. C'est notre soupe au lait. Chaque fois qu'on parle de musique, monsieur Antoine se fâche.

Grand bruit de chaises marquant une sortie de table. Des pas dans l'escalier.

Après un silence assez long pour faire passer cinq anges d'affilée, un autre bruit de chaises résonna dans tout le rez-de-chaussée.

— Attendez, Carlo, ne partez pas. Voulez-vous toujours aller à Cléricy chercher vos affaires?

— Jé voudrais bien, mais jé veux pas vous déranger.

— Comme je vous l'ai dit, ma femme va aller vous reconduire, hein Suzanne?

— J'aurais aimé rester près de Pauline au cas où elle aurait besoin de moi,

— Je peux m'en occuper, moi, de ta sœur. Je suis pas médecin pour rien.

— Pauline aimerait peut-être mieux que je reste.

— J'ai ma journée dans le corps. Je me lève à cinq heures demain matin. J'ai des grosses opérations à faire, il faut que je me couche de bonne heure.

— O.K., je m'en occupe.

Tintements de couverts que l'on ramasse. Suzanne, sûrement, mettait la vaisselle dans le lave-vaisselle et finissait de tout ranger dans la cuisine pendant qu'Yves invitait Carlo à retourner au salon. Pauline devinait la scène, elle qui était si souvent venue chez sa sœur avec Gilles, Ariane et Manuel. Elle imaginait Marc les suivre avec trois ballons de cognac. Le cher Marc avait dû se faire une idée sur les liens entre Carlo et elle après s'être rendu compte qu'ils avaient presque le même âge. Il disposerait les ballons sur la table de verre fumé avant de se plonger dans la lecture du journal *Les Affaires*. Et pour compléter le tableau, il ne manquerait que les nobles accents du *Va pensiero*.

Presque aussitôt le chœur des exilés de *Nabucco* se mit à voyager dans toute la maison grâce à de savantes installations stéréophoniques.

— Ça c'est la vraie Italie, la vraie musique, l'art véritable. Pas de la simili-musique comme le country ou le western, whatever. Prenez un cognac, gênez-vous pas, c'est là pour ça.

CARLO

Verdi avait eu raison de Pauline qui finit par s'endormir. Une demi-heure plus tard, Suzanne descendit au sous-sol pour la réveiller et l'aider à manger.

— Il faut que tu manges, tu dois prendre des forces.

— J'ai pas faim.

— Fais des petits efforts, c'est pour ton bien.

— J'ai mal au cœur.

— C'est la morphine, ça. Essaye de manger, ça va t'aider.

Carlo descendit à son tour et Suzanne cessa aussitôt de tourmenter Pauline.

— Venez, Carlo, venez. Pauline commence déjà à aller beaucoup mieux. Je vous laisse.

Carlo, l'air inquiet, s'assit au bord du lit, alluma une cigarette et la mit délicatement entre les lèvres de Pauline qui inhala la fumée de toute son âme. Puis il s'en alluma une à son tour.

— Darling, jé pense qué jé vais répartir à Montréal.

— Pourquoi? Tu peux rester ici avec moi? Pourquoi t'es pas resté toute la nuit avec moi à l'hôpital hier?

Il s'empêtra dans sa réponse, disant qu'il n'avait pas osé revoir Pauline parce qu'il s'était senti coupable

141

jusqu'à l'os et qu'il avait eu un besoin urgent de caler deux ou trois autres bières pour noyer son malaise. Il commençait à trouver que son aventure en Abitibi prenait une bien étrange tournure.

— Tu es retourné à l'hôtel Henri après?

— Non... pas tout de suite après.

— Tu y es retourné. Qu'est-ce que t'as fait? T'as passé la nuit avec Shirley?

— J'ai marché longtemps dans la neige. À l'hôtel, toute lé monde était inquiet dé toé, tou sais.

— Quand t'as chanté avec Shirley, ça devait pas paraître gros.

— Oui, mais quand ils m'ont appélé sour le stage, toute s'est arrêté.

Il lui raconta combien le remords lui serrait la gorge.

— J'ai couru à l'hôpital, j'ai rencontré oune infirmière. Elle voulait qué jé signe des formulaires.

— Quels formulaires?

— Jé sais pas. J'ai signé.

— Tu sais pas ce que t'as signé? Voyons!

— Des questions sur ta famille. Jé savais rien, moé. Le nom dé ton mari...

— Tu sais le nom de mon mari.

— Jé sais plus moé. Jé savais jouste Réjeanne, c'est toute, mais j'avais pas son nouméro de téléphone, c'est toute.

Quand l'infirmière lui avait demandé pourquoi Pauline était seule au moment de l'accident, il n'avait pas su quoi lui répondre.

— Qu'est-ce que t'as dit, finalement?

— Qué tou étais bien fatiguée... qué tou voulais rétourner à la maison, mais qué moi j'étais oun chanteur et qué j'avais pas fini mon show et que jé dévais té rejoindre à la maison après.

— T'es capable d'en inventer des affaires quand t'es mal pris.

— Ah, jé voulais retourner dans ta chambre, mais j'avais peur dé té réveiller, Darling.

— T'aurais pu venir quand même.

— Mais tou étais fâchée contre moé. C'est toute dé ma faute. J'aurais dou partir avec toé à Cléricy.

— Ben non, Carlo, oublie ça. On peut plus rien faire.

— Si jé serais parti avec toé, l'accident y serait jamais arrivé. Jamais.

Il dit à Pauline qu'il aurait voulu effacer cet accident comme on efface une bande vidéo. Puis il voulut l'encourager. Tout n'était pas si noir : il n'y avait pas eu de sang ni de blessures apparentes et ça, c'était le plus important, parce qu'il ne pouvait pas tolérer la vue du sang.

— Les blessures en dedans, on peut les oublier si on veut. C'est comme oune guerre qu'on voit à la TV. On peut changer dé poste quand c'est trop dour à régarder.

Pauline avait les larmes aux yeux.

— Qu'est-ce que la guerre vient faire là-dedans, Carlo?

— Mon grand-père est mort à la guerre. Ma mère, elle en parle toute lé temps.

— Y m'semblait que tu parlais pus à ta mère?

— Ma mère, j'y parle des fois.

— Ah bon! J'me trompe peut-être...

Carlo avoua ensuite à Pauline qu'il avait marché longtemps au hasard dans les rues de Rouyn mais que, ne sachant pas où aller, il était retourné machinalement vers l'hôtel Henri.

— Jé voulais aller voir les Blue Kids dans leur chambre, mais lé waiter m'a dit qu'y étaient déjà partis.

— Shirley aussi?

— Ben oui, Darling, Shirley fait partie dou groupe.

— Va-t'en à Montréal, Carlo. Va-t'en à Montréal. C'est mieux qu'on se revoie plus.

— Ben voyons, Darling, jé té dis qué j'ai pas révou Shirley.

— Ça fait rien, t'as voulu la revoir. Aïïïïïïïïïïïïie!

— Faut qué tou té réposes. Jé réviendrai plous tard.

Carlo se pencha pour embrasser Pauline, mais elle se retourna.

— T'en profites pour te sauver vu que je suis plus utilisable.

— Mais non, Darling. Rélaxe.

— Relaxe, relaxe, t'arrêtes pas de me dire ça. Comment tu veux que je me détende, câlisse?

— Jé souis content dé t'avoir rencontrée. Avant jé filais mal, ben mal, comme quand jé souis parti dé chez moi. J'aime ça qué tou sois plous vieille qué moé.

— Arrête, Carlo.

— Non, non, c'est vrai. J'en ai assez des pétites jeunes. Sont trop sérieuses. Toé, Darling, tou ris, tou connais la vie, t'attends pas après moé pour respirer.

— C'est ce que tu dis.

— Moé, Pauline, jé veux pas avoir rien qu'oune blonde, jé veux être libre.

— Ça, Carlo, ça se peut pas, avoir une femme puis être libre en même temps.

— J'ai dit « des blondes », nonna. Mais j'aime ça oune femme commé toé, oune vraie femme qui connaît les gars comme moé.

Pauline eut pitié de son air sans défense. Il lui semblait sincère, mais les mots qu'il disait lui faisaient tant de peine qu'elle sentait moins son bras, sa jambe, ses côtes.

— Tu penses qu'une femme de mon âge accepte plus facilement l'amour à temps partiel, c'est ça?

— Jé t'aime, Darling. On va sé révoir à Montréal, quand tou séras toute guérie.

— Pourquoi tu restes pas un peu?

— Tou viens de me dire de m'en aller. Décide.

— Je le sais plus où j'en suis. Je veux, pis je veux pas.

— Anyway, jé peux pas, j'ai un contrat au Rocher Percé.

— Mais tu devais rester au moins une semaine à Cléricy avec moi.

— Jé viens jouste dé lé savoir. J'ai appélé mon booker à Montréal aujourd'hui.

— Qu'est-ce que je vais faire, toute seule ici?

— Mais tou as ta sœur, un médecin privé. Jé sérais dé trop icitte.

— Va-t'en pas.

— Ton mari va vénir té chercher, tou vas répartir avec loui.

— Je veux plus rien savoir de lui, tu le sais. Attends-moi quelques jours à Cléricy.

— J'ai pas d'auto, jé sais pas conduire, comment tou veux qué jé mé rende là-bas? Jé vais pas t'oublier, jé lé jure.

Pauline le supplia encore de rester, mais Carlo demeura inflexible. Il l'embrassa une dernière fois en lui chuchotant à l'oreille qu'il avait besoin de cinquante dollars pour payer son billet d'autobus.

LA CONVALESCENCE

Grâce aux bons soins de Suzanne, Pauline récupéra assez rapidement. Sa sœur était infirmière de formation, mais elle n'avait jamais pu pratiquer sa profession puisqu'elle s'était mariée dès la fin de ses études. Pauline ne pouvait ni se laver ni s'habiller toute seule; Suzanne l'aidait à enfiler ses vêtements, préparait tous ses repas et les lui servait. Et malgré certaines remarques glaciales et quelques pincements de lèvres, elle se montra plutôt compatissante envers Pauline et surtout, elle évita de lui parler de la mort de leur père, du testament et de la maison de Cléricy.

Suzanne se risqua à poser des questions sur Carlo, mais Pauline ne voulait pas mordre à l'hameçon. Suzanne insistait parfois.

— Mais il est beaucoup plus jeune que toi, à peine plus vieux que mon Marc. Comment tu l'as rencontré?

— Par hasard, comme ça.

— Es-tu sortie avec lui?

— Aïe, mon bras, tu l'étires trop!

— 'Scuse... Ça va toujours bien avec Gilles?

— Pis toi ça va toujours bien avec Yves?

Pauline sentait qu'entre Suzanne et Yves, il n'y avait même plus de place pour ce fond d'amitié et de tendresse qui unit parfois les vieux couples jusque dans la vieillesse et la mort. Pauline ne les entendait parler que de la pluie et du beau temps ou de leurs enfants. Ils parlaient surtout de la sauce qui avait tourné ou du beurre qui était trop dur. Des voisins. Leur mariage semblait coulé dans le béton armé des placements et des propriétés.

Gilles appelait tous les soirs pour prendre des nouvelles, mais Pauline refusait de lui parler, laissant sa sœur expliquer de long en large l'évolution de la situation. Le jour de Pâques, elle appela Manuel.

— Allô mon Manuel, Joyeuses Pâques!

— Tu m'as pas envoyé de cocos, maman.

— J'ai pas pu, Manu. J'ai encore mon bras dans le plâtre.

— Est-ce qu'il est gros ton plâtre, maman?

— Oui, pas mal gros.

— Tu m'en garderas un p'tit morceau pour que j'écrive mon nom dessus.

— Il fait beau à Montréal?

— Il fait soleil, comme à Pâques. Quand est-ce que tu reviens, mom?

— Quand je serai mieux, mon Manuel. Comment tu vas?

— Pas pire. J'me suis fait un nouvel ami, je vas souvent chez lui. Ici, y a jamais personne. Ariane s'est fait un chum. Il est assez nerd, pis en plus il est prep. Yark!

— Papa est là?

— Oui, oui. Il est en train de prendre une bière avec Réjeanne. Tu veux lui parler?

— Non, ça va. Je lui parlerai une autre fois. Bon, je t'embrasse mon Manu. Ariane est là?

— Elle est pas là. Elle est allée chez son gros plein de soupe, son nerd, Pierrot Campbell.

— Tu lui diras bonjour.

— O.K. Si j'y pense.

— Bye Manuel, prends soin de toi. Passe-moi Réjeanne.

— O.K.

Pauline entendit Réjeanne rire aux éclats en venant au téléphone. Son cœur se serra.

— Joyeuses Pâques, Réjeanne!

— Pauline! Comment tu vas?

— Toi, ça a l'air d'aller en tout cas.

— Ben oui, ça va. C'est Pâques, il fait beau. Pis toi?

— Je vais m'en sortir. Gilles a dû te mettre au courant.

— Ben sûr... Quand est-ce que tu reviens?

— Je sais pas encore. As-tu vu Carlo?

— Non, pourquoi? T'es mal prise?

— Non... laisse faire.

— Veux-tu parler à Gilles?

— Euh... Non, non, non. Bye Réjeanne, bye.

— Prends soin de toi, Pauline. Take care.

Fuck! Pauline raccrocha sans dire un mot de plus. Elle avait tant de peine. Elle sentait un étranglement dans la gorge. Elle commençait à s'inquiéter pour les enfants. Elle aurait voulu se confier à Réjeanne, mais chaque fois qu'elle y pensait, une boule montait. Peut-être qu'elle avait inventé toute cette histoire, qu'il n'y avait rien de sérieux entre Gilles et Réjeanne, que Gilles avait tout simplement

149

besoin d'une amie pour se réconforter. D'un côté, Gilles appelait tous les soirs et semblait tenir à ce qu'elle revienne à la maison. D'un autre côté, il batifolait peut-être avec Réjeanne. Elle connaissait bien Réjeanne et son faible pour « la chose ».

Elle décida de sortir prendre un peu d'air. Du balcon, elle observa une motoneige qui faisait le tour du lac Osisko. Le soleil inondait de rose violacé l'enclave du lac. Elle eut ce goût de mine dans la bouche et sut tout de suite que l'air était vicié par les gaz de la fonderie. C'était beau d'une beauté sans attrait, crue et grande, comme la beauté du haut des montagnes par temps clair. La montagne, la mer, la steppe, c'étaient les mêmes grands espaces de ciel. Tous les nords du monde devaient se ressembler : le nord de la France, le nord de l'Angleterre, le nord de l'Italie. Des mines, du roc, une certaine dureté. Carlo lui avait parlé des beautés de Cogne, des vallées verdoyantes qui jouxtaient les usines de fer. La maison de Suzanne, une grande maison blanche et cossue qui donnait sur le lac, semblait une erreur dans le paysage.

Carlo était allé chercher ses bagages avec Suzanne à Cléricy, juste avant de repartir pour Montréal. Suzanne avait ensuite raconté à Pauline par le menu ce qui s'était passé. Elle avait le don de reconstituer des conversations avec une extraordinaire fidélité, allant jusqu'à imiter les accents des interlocuteurs. Pauline avait fait semblant de ne pas écouter jusqu'à ce que Suzanne dise cette petite phrase qui tinta longtemps dans ses oreilles : « Il est pas si pire ton Carlo, mais il m'a l'air pas mal profiteur sur les bords. »

Pauline avait été tellement surprise qu'elle n'avait pas su quoi dire. Il y avait eu un long silence. Puis Suzanne l'avait regardée de son air mater dolorosa.

— Tu lui donnes pas d'argent toujours?

— Ben non, ben non...

— On se demande de quoi il vit. Sûrement pas comme chanteur country.

— C'est encore drôle.

— Fais attention à toi, Pauline, tu pourrais te faire laver.

— Ça me regarde.

Suzanne n'avait plus rien ajouté. Il était clair que Carlo l'avait charmée. Mais il lui avait fait peur, sans doute, tout comme Pauline semblait lui faire peur. Suzanne aimait les vies rangées : mariage, famille, profession lucrative et stable. Pauline trouvait quand même sa sœur généreuse. Cependant, cette femme était loin d'elle, très loin, comme si elles n'avaient jamais vécu ensemble, comme si elles n'avaient pas eu le même père, la même mère.

Le ciel s'ennuagea et elle eut froid soudain. Un mal de tête lui barrait le front. Elle rentra et descendit à l'entrée du sous-sol fumer un des joints de hasch que Carlo avait laissés dans son sac contre les cinquante dollars du billet d'autobus. À chaque bouffée, elle avait l'impression d'aller au fond d'elle-même. Elle y voyait des pans de sa vie, des pages de son passé qu'elle aurait voulu biffer à grands traits de crayon gras.

LE COMPLICE

Tout de suite après Pâques, le soleil de la mi-avril commença à faire fondre les bancs de neige qui obstruaient les soupiraux. Des rayons illuminaient la poussière pour se rendre jusqu'à sur le divan de Pauline au sous-sol. Pauline pouvait marcher plus facilement et il était question qu'on lui enlève son plâtre dans une quinzaine de jours. Un samedi où Suzanne était allée faire des courses, elle demanda à son neveu Antoine de l'aider à faire une première promenade. Les rigoles striaient les trottoirs de la ville et le vent soulevait des flocons de neige qui folâtraient en petits diamants devant le soleil. Leurs pas craquaient sur le gravier. Ils allèrent jusqu'à la 4e Rue, ce qui étonna Pauline qui ne croyait pas être assez en forme pour parcourir toute cette distance. Ils s'assirent sur un banc qui dominait le lac Osisko, toujours gelé, toujours acide. Les cheminées de la mine crachaient des nuages mordorés qui sabotaient le bleu limpide du ciel. Pauline demanda à Antoine de lui rendre un service.

— Ça dépend quoi.

— Je voudrais que tu me prêtes ton walkman pendant quelques jours. J'ai apporté des cassettes, mais j'ose pas les écouter sur le système de son de la maison. J'ai peur que ton père aime pas beaucoup le genre de musique que j'écoute.

— J'te comprends, le « drab » est complètement out.

— Le « drab »?

— Oui, c'est comme ça que j'appelle mon vieux; il est vraiment beige pâle, tu trouves pas?

— Quel âge tu as, Antoine?

— Seize ans.

— Six ans de plus que Manuel. T'as l'air d'avoir dix ans de plus que lui. Euh... j'ai un autre service à te demander.

— Quoi?

— J'aimerais rejoindre Carlo à Montréal. Il a pas appelé depuis qu'il est parti. Irais-tu dans une boîte téléphonique ce soir essayer de l'appeler?

— Pourquoi tu lui téléphones pas, toi, ma tante? C'est simple.

— C'est plus compliqué que ça. J'aimerais mieux que personne le sache. J'ai pensé que je pouvais me fier à toi.

— As-tu son numéro?

— Non, mais il m'a dit qu'il avait été booké au Rocher Percé sur la rue Rachel. Demande le numéro à la téléphoniste. Prends cet argent, puis si tu sors ce soir en ville, appelle-le, O.K.?

— Qu'est-ce que je vais lui dire?

— Fais juste lui demander comment il va, dis-lui que je devrais retourner à Montréal d'ici deux semaines...

Antoine prit le billet de vingt dollars et promit à Pauline d'essayer le soir même de retrouver Carlo. La neige trop brillante l'obligeait à plisser les yeux derrière ses lunettes, si bien que Pauline ne pouvait savoir s'il riait ou s'il était sérieux.

— Pas un mot à ta mère, hein?

— Y a pas de danger, je lui parle pas beaucoup plus qu'au « drab ».

— J'ai ta parole?

Antoine se signa sur le cœur et cracha par terre. Pauline avait la conviction que son neveu deviendrait un artiste plus tard, un musicien, un chanteur, un poète. Elle avait toujours su reconnaître le talent des autres, celui de son père, celui de Carlo. Elle savait. Elle demanda à Antoine de fouiller dans son sac à main, de prendre du papier Zig-Zag et une petite boîte métallique contenant du hasch.

— Peux-tu me rouler un joint? Je le dirai pas à ta mère.

Antoine se mit à rire aux éclats et quelques minutes plus tard, après avoir fabriqué religieusement deux pétards, il ajusta les écouteurs de son walkman sur les oreilles de sa tante. Devant le lac brillant qui s'abandonnait à la caresse impitoyable du soleil d'après-midi, Pauline se sentit revivre tout à coup. Elle ferma les yeux en écoutant « sa » ballade de Lucy Jordan. À cet instant précis, elle eut la conviction que sa vie prenait un virage.

Antoine fit plusieurs tentatives pour rejoindre Carlo, mais sans succès. Au bout de quelques jours, Pauline lui dit de ne plus téléphoner, qu'il finirait bien par donner signe de vie. Elle passait beaucoup de temps dans le sous-sol à écouter les cassettes qu'elle avait apportées, à lire des anciens numéros de

Paris-Match que Suzanne collectionnait. Elle se nourrissait de Marianne Faithful, de Emmylou Harris, de Terri Gibbs. Elle alla chez Mignault acheter une cassette de Renée Martel et passa des heures à transcrire *Darling*, cette chanson qui semblait avoir été écrite pour elle toute seule.

Depuis qu'on s'est quittés
Je suis déboussolée

Elle nota la mélodie sur des portées qu'elle avait dessinées de peine et misère, à cause de sa main gauche devenue presque inutilisable. Puis, tranquillement, elle commença à entendre des mots nouveaux qu'elle mettait en musique dans sa tête, à les écrire, à les chanter. Quand il n'y avait personne dans la maison, elle en profitait pour jouer discrètement avec sa main droite les mélodies qu'elle inventait, ses mélodies à elles, plus fortes que celles des autres, celles qui l'avaient hantée depuis son enfance. Elle entendait enfin sa voix, sa propre voix, unique. Cela la grisait plus que tout au monde, elle n'éprouvait plus le besoin aussi impérieux de fumer ou de boire. Elle pensait à Carlo et le fait de chanter la rapprochait de lui. Les chansons lui montaient du fond des tripes, la remplissaient. Elle avait encore le cœur gros, très gros, mais une soupape permettait enfin de libérer des morceaux de solitude, d'abandon, d'amour déçu qui lui serraient la gorge depuis longtemps.

LA VRAIE VIE

À mesure que ses forces revenaient, elle se sentait plus légère et quand, vers la fin du mois d'avril, elle fut délivrée de son plâtre, elle eut l'impression d'avoir des ailes; des ailes blessées, maladroites, mais des ailes tout de même. Il lui faudrait réapprendre à utiliser cette chiffe molle qu'était devenu son bras gauche, mais elle était certaine qu'en faisant des exercices, elle arriverait à retrouver sa force musculaire. Évidemment elle appréhendait le moment où Gilles viendrait la chercher. Elle devait se ressaisir, mais elle n'avait plus l'impression de s'enliser comme auparavant.

Un jour qu'une pluie bienfaisante faisait fondre les mottes de glace devenues éparses et charbonneuses et que Suzanne s'adonnait à une séance de magasinage intensif, Yves s'amena à la maison un peu plus tôt que d'habitude. La Lada était prête et il offrit à Pauline d'aller la chercher au garage. Cependant, comme c'était une voiture à transmission manuelle et que Pauline arrivait à peine à se servir de son bras gauche, elle craignait d'avoir du mal à la conduire. Mais Yves avait prévu le coup.

— Au retour, tu conduiras ma voiture.

— J'oserais jamais toucher à ta Mercedes.

— Mais non. Après un accident d'auto, c'est bien connu, il faut reprendre le volant le plus vite possible.

Si t'attends trop, ça va être plus dur de surmonter ta peur.

— Je serais jamais capable de conduire une auto, même pas une automatique.

— Mais oui, mais oui.

Il hésita un peu et finit par lui avouer qu'il voulait lui dire quelque chose d'important. Pauline se demandait bien ce que c'était. Il ne lui avait pas beaucoup parlé depuis qu'elle était là. Elle le considérait comme un fantôme encombrant; quand il était à la maison on pouvait soupçonner sa présence, à cause d'une tension dans l'atmosphère, mais on ne savait pas toujours où il était. Il s'installait souvent seul au salon dans un grand fauteuil, les écouteurs sur les oreilles, un scotch à la main, devant un téléviseur géant. Pourquoi se dégelait-il tout à coup? Est-ce qu'il avait eu vent des téléphones d'Antoine, des petits joints de hasch?

— Je t'invite à l'hôtel Albert.

— Mais j'ai déjà mangé.

— Moi, non. Tu prendras bien un dessert ou un café, le temps que je dîne.

Pauline accepta bon gré mal gré, se disant qu'elle n'avait rien à perdre. Peut-être s'agissait-il de choses graves. Un décès, une maladie, une accusation de possession de drogue, Gilles, Ariane, Manuel. Dans ces périodes de conjectures et d'angoisse, elle craignait toujours de dire un seul prénom à voix haute de peur que le malheur ne se jette sur la personne désignée. Elle pouvait sans sourciller passer sous des échelles, casser des miroirs ou voyager un vendredi treize. Mais les mots, une fois prononcés, appelaient la réalité. Les mots devançaient la vie, il valait mieux se taire pour ne pas réveiller le destin.

Yves l'aida à mettre ses bottes et son manteau et ils partirent en voiture même si l'hôtel Albert était à quelques pas seulement de la maison. Yves ne sortait jamais sans sa Mercedes, il était en symbiose avec elle et il la conduisait noblement. Les banquettes de velours souris étaient un prolongement de son costume de flanelle grise.

Quand ils entrèrent à l'hôtel Albert, l'heure du dîner était passée et il restait très peu de clients dans la salle à manger. Colette était attablée avec Cathy, la serveuse du lounge, et elles avaient l'air de bien rigoler toutes les deux. Dès que Colette vit le docteur Mauger en compagnie de Pauline, elle arrêta de parler et, brusquement, elle abandonna son assiette de spaghetti à peine entamée pour les conduire à une table à l'écart.

— Pis, ma petite Suzanne, on commence à récupérer?

— Pauline. Mon nom, c'est Pauline.

— Ah! moi pis les noms, j'ai donc de la misère avec les noms. Pourtant vous avez vraiment pas le même genre. Hein, docteur?

— Non, ma femme est plus grande. Les cheveux foncés, longs. Elles ont pas du tout le même caractère. Ma femme est plus... classique, disons.

Pauline commanda un café et Yves, sans même regarder le menu, dit à la serveuse de lui apporter ce qu'il prenait d'habitude. Colette emplit les verres d'eau, commanda un Chivas à Cathy qui était

158

retournée au bar. Ensuite elle traversa les portes battantes de la cuisine en criant : « Filet mignon pour le docteur.» Colette faisait partie du restaurant, au même titre que les tables de formica, les rhododendrons de plastique et les paysages de chez Kresge accrochés au mur.

— Tu dois bien te demander ce que j'ai à te dire.

— Un peu, disons.

— J'irai pas par quatre chemins. J'ai découvert quelque chose par rapport à ton ami Frascati. J'ai trouvé pourquoi son nom m'avait frappé.

— Tu le connais?

— Non, pas lui, mais Colette connaît bien Cathy qui connaît bien Shirley... Entre serveuses de bars, tu comprends?

— C'est quoi le rapport?

— Le rapport, c'est que Shirley connaissait ton Carlo Frascati depuis un bon bout de temps. Cathy s'est aussi rappelé que Shirley avait déjà été la bonne amie de Carlo quand elle était allée faire un show à Montréal il y a quelques années au Rocher Percé.

— Je le sais.

— Mais ce que tu sais peut-être pas, c'est que Carlo est resté deux semaines chez Shirley à Malartic avant de s'en retourner à Montréal avec les Blue Kids.

— Comment tu sais ça?

— Par Colette, qui l'a su par Cathy, qui l'a su par...

— Fuck! J'ai pas besoin de dessin.

— Je te disais ça pour ton bien, ma belle Pauline.

Il avança sa main pour prendre celle de Pauline tout en regardant de biais si Colette le surveillait.

Pauline recula, se leva et attrapa son manteau qu'elle jeta tant bien que mal sur ses épaules. Elle se dirigea, furieuse, vers la sortie en boitant. Elle s'empêtra et faillit tomber en sortant dans la rue Principale. Il pleuvait à boire debout. Elle pensait que sa respiration allait s'arrêter. Son cœur se brisait en mille miettes. « Maudit drab de cul ! Sont toutes pareils, les hosties. En plus il veut en profiter. Pas content de bitcher, il faut qu'il me cruise. Maudit maquereau. »

Elle clopina dans la sloche mêlée au gravier. Les questions affluaient pêle-mêle dans sa tête, les soupçons la martelaient. Pourquoi Carlo lui avait-il menti ? Pourquoi l'avait-il trahie ? « Il est temps que je me déniaise. Sa femme n'était peut-être même pas sa femme. Son nom, pas son nom, son père, pas son père, sa mère, pas sa mère. » Ça n'en finissait plus, mais beaucoup de choses s'expliquaient : pourquoi il ne l'avait pas rappelée, pourquoi Antoine n'avait pu le joindre au téléphone ; tout ce temps-là, Yves gardait ses distances pour mieux préparer son coup.

Malgré tout, elle voulait croire que Carlo l'avait vraiment aimée à cause de la chanson de Renée Martel qui tourbillonnait dans son cerveau et l'engourdissait. Pour ne plus penser à lui, il fallait qu'elle se noie dans la chanson, sinon elle allait mourir.

Darling même si tu me mentais
Je t'aime plus que jamais

Elle arriva tout essoufflée à la maison. Suzanne était en train de déballer les gadgets de cuisine qu'elle venait d'acheter. Pauline s'assit près d'elle et se mit à pleurer.

— Qu'est-ce qui se passe?

— Appelle Gilles, veux-tu, dis-lui de venir me chercher tout de suite. Je veux retourner à la maison.

— Tu peux l'appeler toi-même.

— Non, ça me tente pas de lui parler. Je lui ai pas encore parlé.

— Mon Dieu, vas-tu me dire ce qui se passe Pauline?

— Rien, je veux retourner chez moi, je veux retourner chez moi.

— Pas aujourd'hui, voyons. Tu viens juste de faire enlever ton plâtre. Ça va bien, mais il faut que tu sois patiente un peu.

— O.K., je vais l'appeler, Gilles, je vais l'appeler, moi. Ou bien je prends l'autobus demain matin.

— Pleure plus, je peux pas supporter ça. Je vais te faire un café. D'où tu viens comme ça?

Après que Pauline eut à peu près raconté tout ce qui s'était passé, en omettant bien sûr le geste équivoque d'Yves, Suzanne avoua qu'elle était au courant, mais elle était catastrophée de voir qu'Yves avait parlé parce qu'elle lui avait fait promettre de ne rien dire. Cathy était une mauvaise langue, Colette aussi. Pauline arrêta soudain de pleurer.

— Qu'est-ce qu'il y a, Pauline, j'ai dit quelque chose de pas correct?

— Non, je suis soulagée parce qu'il y a au moins une chose de vraie dans tout ce que Carlo m'a raconté.

161

— Quoi donc?

— Que c'est Cathy qui lui avait dit qu'il y avait un show country à l'hôtel Henri.

—Je comprends pas.

— Moi, je me comprends. Appelle Gilles.

LE MARI

Deux jours plus tard, Gilles prévint qu'il arriverait en avion vers six heures et Suzanne alla le chercher à l'aéroport. Pauline n'avait pas voulu l'accompagner. Elle avait besoin de toutes ses forces pour se préparer mentalement à le revoir. Elle redoutait plus que tout cette rencontre avec son mari à qui elle avait refusé de parler au téléphone. Elle avait souvent parlé à Réjeanne, aux enfants. Elle leur avait envoyé des petits cadeaux par la poste dès qu'elle avait été capable de se servir un peu plus de sa main gauche. Réjeanne leur avait fait écrire des mots de remerciement.

Elle faisait des progrès, elle arrivait à faire sa toilette toute seule ou à peu près. Certains gestes banals et quotidiens lui étaient encore difficiles : se laver les cheveux, enfiler ses chaussettes, passer un t-shirt, faire des boucles, trancher une tomate. Elle ne s'était jamais rendu compte à quel point un bras gauche pouvait être utile : il sert d'étau, retient les objets bien en place pendant que le bras droit s'exécute. Elle parvenait quand même à faire plusieurs choses, en mordant dans les mots crisse et câlisse, comme son père faisait quand il piquait une crise.

Elle passa la matinée à se pomponner du mieux qu'elle put. Depuis son accident, elle n'avait porté que de vieilles chemises qu'Antoine et Marc lui avaient données, les seuls vêtements assez amples pour qu'elle puisse camoufler son plâtre. Suzanne lui avait prêté une jupe indienne facile à enfiler. Des mules chinoises lui servaient de chaussures. Maintenant elle pouvait s'habiller plus normalement.

La veille, Pauline avait demandé à Suzanne de la conduire à Cléricy pour qu'elle récupère ses vêtements. La neige avait presque disparu mais il restait des amoncellements de glace au pied de certains gros arbres. Les remous s'agitaient furieusement sous le pont. Le petit chemin qui menait à la maison était boueux et les bottes de Pauline s'enfonçaient en clapotant. Suzanne n'avait pas voulu descendre de l'auto et l'avait attendue à l'entrée, près de la boîte aux lettres.

La porte n'était pas verrouillée. La bouteille de tequila que Carlo et Pauline avaient commencé à boire ensemble était renversée sur le tapis ciré de la table près d'un cendrier plein de mégots. Pas de petit mot. Rien. Elle était montée dans la chambre et avait replacé les couvertures tant bien que mal. Elle avait ramassé ses bagages épars, jeté un coup d'œil dans le boisé par la fenêtre. Les bouleaux n'avaient pas encore de bourgeons, les chatons des saules n'avaient même pas éclos. L'écorce des trembles commençait à verdir, celle des aulnes à rougir. Pauline aurait aimé passer quelques jours toute seule dans sa maison, mais elle ne se sentait pas encore capable de conduire son auto. Elle avait alors coupé le courant du panneau d'électricité, verrouillé la porte et s'était dit qu'elle reviendrait. À l'été.

Elle avait regagné la voiture en vitesse.

— T'es sûre que tout va bien, Pauline?

— Oui, ça va.

Elles avaient commencé à parler de tout et de rien, évitant une fois de plus les sujets importants. Il était préférable que la trêve continue, du moins jusqu'à ce que Pauline retrouve toutes ses forces. Sa sœur était sa seule famille maintenant, sa seule valeur sûre.

Assise à la table de la salle à manger baignée de la lumière crue du Nord, elle roulait une cigarette en attendant que Suzanne ramène Gilles de l'aéroport. Pauline se sentait renaître, vêtue de ses jeans serrés et de sa blouse à brillants. Elle était tout à fait disposée à changer de vie. Il n'était plus question de retourner avec Gilles. Elle ne savait pas encore comment elle allait s'arranger, mais elle y parviendrait. La vie des enfants en serait affectée, mais elle ne voulait pas trop penser à ce problème. Elle aurait tout le temps d'en discuter avec Gilles pendant le voyage de retour prévu pour le lendemain. Huit heures de route, ça suffirait amplement. La joute serait ardue, mais elle se sentait d'attaque.

Le téléphone sonna et Pauline alla machinalement répondre.

— Pauline?

— Suzanne! Il t'est arrivé quelque chose?

— Non, non, mais j'ai quelques minutes à attendre avant que l'avion atterrisse. Comment tu vas?

— Ça va.

— Écoute, Pauline, j'ai oublié de te parler de quelque chose. C'est mieux qu'on s'en parle avant que Gilles arrive.

— Quoi?

— Bien, euh... vois-tu, j'ai préparé le lit de la chambre des invités pour vous deux. Est-ce que tu...

— Non, non, Suzanne. Je vais rester où je suis, au sous-sol. À cause de mon bras qui est encore bien sensible, je peux pas coucher avec personne.

— Bon, comme tu veux... euh...

— Y a un problème?

— Non, non... Je te laisse, l'avion atterrit. À tantôt.

« Tout mais pas ça », se disait Pauline en décapsulant une bière. Suzanne devait être furieuse contre elle, mais il n'était plus question pour Pauline de coucher avec Gilles. Fini, c'est fini. Elle resta assise dans la salle à manger, les yeux vagues, figée dans la fumée de sa cigarette, grisée par sa nouvelle détermination.

Une demi-heure plus tard, Suzanne entra dans la maison suivie de Gilles.

— Bonjour, Pauline. On n'embrasse pas son petit mari?

— Bonjour Gilles.

Avant que Pauline ait eu le temps de se lever, Gilles vint lui donner un petit baiser sur la joue. Il avait beaucoup maigri et il avait l'air fatigué. La bonne humeur qu'il affectait cachait mal son malaise.

— Ça a bien été?

— Ah! il paraît qu'on a volé avec seulement un moteur pendant une heure. Enfin c'est ce qu'ils ont dit. Ils peuvent nous dire n'importe quoi, hein, Pauline?

— C'est sûr. Euh... Les enfants vont bien?

— Pas si mal, étant donné les circonstances. Ils ont bien hâte que tu reviennes à la maison, que tout rentre à la normale.

— Puis Réjeanne?

— Ah! Elle te fait dire bonjour, en passant.

Yves arriva de l'hôpital sur ces entrefaites et les deux beaux-frères se mirent à causer des accidents d'avions. Yves en remettait, multipliant les anecdotes, en vrai connaisseur. Gilles participait distraitement à la conversation, souvent il détournait son regard vers Pauline. Son regard d'épagneul. Elle faisait semblant de ne rien voir. Suzanne s'affairait à la préparation du repas et Yves servait de la bière importée dans des flûtes spéciales. Il était évident qu'il voulait faire plaisir à Gilles tout en lui en mettant plein la vue. Antoine et Marc arrivèrent à leur tour.

— Allô, mon oncle.

— Bonjour, les gars. Vous avez encore grandi. Toi, Marc, tu dois être à la veille de finir ton cégep.

— Oui, je rentre en médecine en septembre.

— Ah, il me semblait que tu voulais faire un comptable.

— J'ai déjà pensé à ça mais je pense que c'est plus payant médecine.

— Puis toi, Antoine, t'es en secondaire V?

— Ben non, en IV.

Pauline restait en retrait, silencieuse. Gilles faisait son mononcle. Pour lui, il n'y avait que l'école, l'école et l'école. Il arriva à savoir en trois minutes à peine quelles étaient les matières faibles d'Antoine.

— Maman, quand est-ce qu'on mange? J'ai faim.

— C'est prêt, à table tout le monde.

Pauline descendit discrètement au sous-sol. Elle ne se sentait pas bien et le dit à Suzanne. Elle entendit chuchoter un instant, puis la voix de Suzanne se fit plus forte et plus ferme : « Laissez-la donc tranquille, elle est fatiguée. »

Manger en famille comme si rien ne s'était passé lui puait au nez. Yves se comportait avec Gilles exactement comme avant. Avant la mort de son père. Avant la dispute de l'héritage. Avant Carlo. Avant l'accident. Pauline écouta quelque temps la rumeur du repas au-dessus de sa tête. Son nom surgissait ici et là dans la conversation, mais elle n'entendit pas une fois prononcer celui de Carlo ni celui de Réjeanne. Elle mit ses écouteurs et elle s'endormit sur *Same Situation* de Joni Mitchell qu'elle voulait apprendre par cœur.

Des pas dans l'escalier la firent sursauter aux petites heures du matin. C'était Gilles, elle reconnaissait sa façon de descendre en mettant les deux pieds sur chaque marche, comme si l'équilibre allait lui manquer. Elle fit semblant de dormir profondément.

LA RÉSERVE LA VÉRENDRYE

Le lendemain, vers sept heures, Pauline fut tirée du sommeil dans lequel elle venait à peine de sombrer. Elle eut même un peu de mal à reconnaître l'endroit où elle vivait depuis plus de six semaines. Elle ramassa ses vêtements et les mit pêle-mêle dans sa valise. En haut, Gilles et Yves prenaient un café dans une atmosphère plutôt feutrée. La bonne humeur de la veille avait disparu.

— T'as bien dormi, Pauline? T'es prête pour la route?

— Quand tu veux, Gilles.

— Prends le temps de déjeuner. Je veux pas arrêter trop souvent.

— J'ai pas vraiment faim.

— Faut que tu manges, t'as même pas soupé hier soir.

— Je pouvais pas.

— C'est pas un reproche. Prends au moins un jus, un café. Suzanne a déjà tout préparé. Elle nous a même fait un lunch, comme ta mère quand on venait avec les enfants.

Le départ s'était effectué comme tous les départs. Embrassades. Rendez-vous bien. Appelez-nous quand vous arrivez. Faites attention à vous autres. Pas de vitesse passé Louvicourt, c'est là qu'ils sont, les policiers. J'ai eu deux contraventions la dernière fois. Etc., etc. En parfait gentleman, Gilles ouvrit la portière à Pauline et contourna allègrement la Lada pour s'emparer du volant en propriétaire, l'air décidé. Il y avait longtemps que Pauline n'avait pas pris la place du passager dans sa propre voiture. La place de la bourgeoise, comme disait son père.

Jusqu'à Val-d'Or, ce fut assez silencieux dans l'auto, chacun ruminant sa nuit, ses angoisses. Gilles essayait d'amorcer des conversations, mais sans succès. Tout tombait à plat jusqu'au moment où Pauline se décida à briser la glace.

— Je couche à la maison ce soir, mais c'est mon dernier soir.

Gilles faillit faire une embardée mais il se ressaisit. Il laissa passer quelques minutes.

— Il faudra reprendre tout ça à zéro, Pauline. Ç'a pas de bon sens ton affaire.

— Je suis sérieuse, Gilles. Bien sérieuse.

— Comment tu vas faire pour vivre? C'est pas ton petit salaire de secrétaire à *L'Étoile de Montréal-Nord* qui peut te permettre de loger et nourrir les enfants comme il faut.

— Ces enfants-là ont pas juste une mère, ils ont un père aussi. Me semble que je t'ai déjà dit ça.

— Es-tu en train de me dire que tu vas me laisser les enfants?

— Je vais tout te laisser, Gilles.

— Pis les enfants?

— Je m'arrangerai pour les voir les fins de semaine.

Gilles se racla la gorge et changea de ton et de conversation, évitant cette fois de s'adresser à Pauline comme il l'aurait fait à une élève du primaire. Il parla du paysage. Il aurait aimé avoir eu le temps de retourner à Cléricy, dans cette maison si charmante. La petite maison dans la prairie, comme il se plaisait à l'appeler. Puis il fixa la route très droite devant lui comme s'il s'apprêtait à l'avaler.

— Tu nous as beaucoup manqué, maman. C'est plus pareil dans la maison quand t'es pas là.

— Hey, Gilles, appelle-moi plus « maman ». Je suis pas ta mère, je suis même plus ta femme. O.K.?

On était en mai et les lacs n'avaient pas encore calé. Il y avait des mottes de neige grumeleuse ici et là dans les sous-bois. À l'horizon, le ciel gris se confondait avec l'asphalte. Pauline ne savait trop quoi penser, soupçonnant Gilles de lui tendre un piège. À la hauteur de la rivière des Rapides, il s'engagea dans un petit chemin isolé. Lorsqu'il coupa le contact près des tables à pique-nique, Pauline n'entendit plus que le bruit fougueux de la rivière. Avant qu'elle ait pu le voir venir, Gilles se tourna vers elle, lui passa le bras autour du cou et tenta de l'embrasser.

— Viens-tu fou?

— Je veux que tu restes avec nous autres.

Il fit une nouvelle tentative, mais elle sortit de l'auto en bondissant. Gilles n'abandonna pas et sortit lui aussi pour la rejoindre.

— T'es plus désirable que jamais.

— T'es en manque, ou quoi? Pourtant Réjeanne était avec toi tout ce temps-là.

171

— Comment ça, Réjeanne? Qu'est-ce qu'elle vient faire là-dedans?

— Me semble que vous aviez l'air de bien vous entendre.

— Mêle pas tout. C'est pas parce que tu te tapes un petit chanteur spaghetti que je suis obligé de me taper ta meilleure amie.

Pauline gifla Gilles qui lui retourna sa baffe aussitôt. Ils se regardèrent en chiens de faïence. La rivière se déchaînait et, entre les branches squelettiques des sapins en bordure de la 117, Pauline apercevait les camions qui filaient à toute allure.

— C'est fini, Gilles Auger. T'as compris? Amuse-toi avec Réjeanne tant que tu voudras, moi, c'est fini-n-i-ni.

Gilles était paralysé. Pauline le poussa et prit le volant. Il avait à peine eu le temps de regagner la voiture en courant que déjà Pauline s'était engagée sur la grand-route en direction de Montréal.

Le reste du voyage fut plutôt tendu. Chaque fois que Pauline changeait de vitesse, elle avait l'impression d'enfoncer un clou dans son épaule ou dans son genou. Mais la rage était plus forte que tout. Heureusement, elle n'eut pas à s'arrêter trop souvent. Gilles lui offrait de reprendre le volant toutes les demi-heures. Il s'excusa de l'avoir vexée. Il parla beaucoup, mais Pauline n'avait pas le goût d'entendre ce qu'il disait. Toujours la même ritournelle : la maison, les enfants, le chien, le chat, alouette! Gilles n'avait pas changé d'un poil. Il avait toujours cru qu'il pourrait commander de l'affection, qu'elle lui arriverait comme par enchantement sur un plateau. Comme lorsqu'on donne des ordres à des écoliers.

Quatre heures plus tard, ils arrivèrent rue Pigeon. La chienne Mélusine n'en finissait plus de sauter en exultant autour de Pauline. Le chat daigna remonter du sous-sol. Pauline s'inquiéta de l'absence des enfants.

— Ils sont chez Réjeanne. Je lui ai demandé de les garder ce soir pour que tu puisses mieux te reposer.

— Je veux les voir. T'aurais dû m'en parler.

— Je voulais te faire plaisir.

— T'as bien réussi ton coup, Gilles Auger.

— Ah ! puis tu peux ben les appeler chez Réjeanne toi-même.

— Appelle-la, toi. Après tout, c'est toi qui lui as demandé de les garder.

— Sois raisonnable, Pauline.

— Fuck ! Ça fait presque deux mois que je suis partie, j'ai envie de voir mes enfants. Ah ! Puis tant pis, je les verrai demain. Merci de tes petites attentions, Gilles Auger.

Pauline était exaspérée. Elle monta dans sa chambre, referma la porte derrière elle, se déshabilla et s'assit sur son lit. Elle ne comprenait plus rien. Les choses qui allaient de soi comme l'amour, le mariage, la maternité lui semblaient de plus en plus compliquées. Elle n'arrivait pas à se faire une image précise de ce qui lui arrivait. Elle caressa sa main gauche lentement et suivit le jeu du soleil couchant sur les poils blonds de sa peau. Gilles faisait les cent pas entre la cuisine et le salon, ouvrait la porte du frigidaire, la refermait, faisait sauter le bouchon d'une bière, d'une autre bière. Comme un bruit de fond dans la peine et la solitude de ce début de soirée. Sans musique, sans mots. Puis elle inspira profondément et tout devint clair dans sa tête. Elle était rentrée au bercail malgré elle, il fallait qu'elle déguerpisse au plus vite.

LA BONNE COPINE

Malgré tous ces tracas, elle s'était endormie assez tôt. C'est le lendemain seulement, après qu'elle eut entendu le bruit de la voiture de Gilles, qu'elle commença à remarquer que plusieurs petites choses avaient été déplacées dans la maison. Il y avait un pot de crème hydratante dans la poubelle de la cuisine : jamais Pauline n'utilisait les produits Maybeline.

Sur le comptoir trônait une superbe cafetière espresso, semblable à celle de Carlo. Des pots de verre s'alignaient autour, remplis de pâtes de toutes sortes, des spaghettis, des fusillis, des macaronis multicolores. En ouvrant l'armoire, elle tomba sur les flûtes de cristal qu'elle avait toujours précieusement gardées dans des boîtes au sous-sol et qu'elle ne sortait que dans les grandes occasions. Elle se sentit en visite chez elle.

Sur la table de cuisine qui avait été rapprochée de la fenêtre, les hibiscus se fanaient. Il n'y avait plus aucune plante dans la bay-window du salon. La télévision était au sous-sol. Seul le piano n'avait pas été déplacé. Pauline se mit à jouer une mélodie neuve qui appelait des phrases pleines de douceur.

Derrière ton regard
il y a mon désespoir

Tes yeux sont des abris
où se cache ma folie
Pourras-tu bien m'aimer
même si je me noie
un peu toutes les fois
que tu m'donnes un baiser

Elle continua ainsi pendant un long moment. Les mots de peine et d'amour trouvaient enfin le chemin de sa voix et se répandaient dans la lumière de mai. À un moment donné, elle s'arrêta et grimpa à l'étage chercher de quoi écrire. Elle dessina des portées pour noter la mélodie. Elle venait de composer une autre chanson et elle n'en revenait pas. Quand elle eut fini de la transcrire de mémoire, elle retourna au piano et s'accompagna d'une main pour la chanter. Toute la journée, elle recommença ainsi plusieurs fois, corrigeant des accords, des silences, ajoutant des mots, en retranchant.

Quand elle entendit l'auto arriver vers quatre heures, elle était encore penchée sur sa partition. Elle ramassa tous ses papiers et les fourra dans le banc du piano. Elle avait les joues en feu comme si elle venait de faire l'amour en cachette.

— Maman? Maman?

— Oui, Manuel, je suis là. Attention à mon bras.

— T'as plus ton plâtre, pourtant.

— Ça fait rien, c'est douloureux quand même. J'ai pas de forces dans mon bras.

— M'as-tu gardé un morceau de plâtre?

— Mais oui. Où est Ariane?

— Dans la soupe Campbell.

Pauline alla fouiller dans son sac et quand elle revint au salon, le morceau de plâtre dans les mains, Réjeanne était déjà dans l'embrasure de la porte, tenant un petit bouquet de marguerites.

— Bonjour, Pauline. C'est pour toi.

— Merci, Réjeanne. C'était pas nécessaire.

— Je suis contente que tu sois revenue, mais j'ai quelque chose à te dire, je peux te parler?

— Qu'est-ce que tu veux dire? Euh!... Manuel, tiens ton morceau de plâtre. Je m'occupe de toi tout de suite, je parle à Réjeanne puis je te rejoins au sous-sol.

Manuel ronchonna un peu puis descendit au sous-sol. Pauline et Réjeanne restèrent seules à s'observer. Pauline rompit le silence au bout de dix intolérables secondes.

— Gilles?

— T'as deviné?

— Pas besoin d'un grand cours de détective pour ça.

— C'est pas ce que tu penses.

— Ah!... T'es pas en amour avec Gilles?

— Ben... c'est arrivé comme ça, un soir que j'avais trop bu. Euh... Tu sais ce que je veux dire. Juste une couple de one-night stands.

Pauline resta là, debout, son petit bouquet à la main. Elle ne savait plus quoi dire, quoi faire. Elle aurait voulu lui envoyer les marguerites à la tête, mais elle se ressaisit. Puis elle fut prise d'un fou rire qui s'empara de Réjeanne aussitôt.

— Nounoune.

— Nounoune toi-même.

— Bon, maintenant que j'ai les fleurs, ça me prend le pot. Viens dans la cuisine avec moi. Ariane savait que j'étais là?

— Oui, mais elle m'a dit qu'elle voulait absolument voir Pierrot.

— Merci de t'être occupée de la maison. Réjeanne... T'aurais pu t'occuper un peu moins de Gilles, mais je suis mal placée, ben mal placée pour te le reprocher.

— O.K., O.K. Time out. Qu'est-ce que tu vas faire, Pauline?

— Partir.

— Pauvre Gilles.

— Comment ça, pauvre Gilles?

— Je pense que ça correspond pas tout à fait à ses plans.

— Je m'en sacre de ses plans.

— Il est pas si pire que ça, Gilles.

— Il t'intéresse pas?

— Recommence pas. Time out, j'ai dit. Puis, il t'aime trop. Y a pas une femme qui va endurer de vivre dans ton ombre toute sa vie.

— J'vas m'effacer dans pas grand-temps Réjeanne.

— Pas dans son cœur Pauline, c'est pas fait. C'est loin d'être fait. Bon, c'est mieux que je parte avant que Gilles arrive.

— Je te rappellerai.

— O.K. En attendant, fais attention à toi. Take care.

— Arrête de me dire ça, j'haïs ça, j'haguis ça.

— Bye, Pauline. Bye.

Réjeanne sortit rapidement de la maison. Pauline aurait voulu l'embrasser, lui dire qu'elle ne lui en voulait pas. Elle resta dans l'entrée et regarda son amie filer dans sa Toyota jusqu'à ce qu'elle disparaisse sur le boulevard Henri-Bourassa. Elle ne pleura pas, elle se sentit soulagée comme après un tremblement de terre, quand on se rend compte que la vaisselle n'est pas toute cassée. Elle descendit au sous-sol voir Manuel.

— Comment ça va à l'école, Manu?

— Comme ci comme ça. On a fait des dessins au cours de morale. Il fallait qu'on dessine notre famille. J'haïs ça dessiner.

— Veux-tu me montrer ton dessin?

— Je l'ai donné à popa.

— Qu'est-ce qu'il a dit?

— De pas te le montrer.

— Pourquoi?

— Je sais pas, tu lui demanderas.

Ariane descendit les marches en courant, faisant mine d'être surprise de voir sa mère.

— Bonjour Ariane.

— ...

— Pourquoi tu me dis pas bonjour? Juste bonjour.

— Je suis tannée.

— Ça fait presque deux mois qu'on s'est pas vues, Ariane.

— Tant que ça?

— Pourquoi t'es si méchante? Qu'est-ce que t'as?

— Rien. C'est fini avec Pierrot.

179

Manuel se mit à fredonner « La soupe Campbell, y a rien comme la soupe Campbell... » et Ariane lui lança un coussin à la tête. Puis elle éclata en sanglots et remonta quelques marches.

— Reste un peu avec moi, dis-moi ce qui est arrivé.

— Ah! Shit! Je veux pas en parler. Tu pourrais pas comprendre.

— C'est encore drôle, Ariane, je comprends peut-être plus que tu penses.

— Anyway, tu pourrais rien faire.

Pauline entendit Gilles rentrer et elle remonta avec sa fille dans la cuisine. Ariane continua à l'étage sans même regarder Gilles qui cherchait sa première bière dans le frigidaire. Pauline remarqua quelques cheveux gris derrière ses oreilles. Elle pensa qu'elle aurait les cheveux gris, elle aussi, un jour.

— Gilles, je voudrais voir le dessin de Manu.

— Je voulais pas te le montrer.

— Gilles, j'insiste.

De mauvaise grâce, il sortit le dessin de sa serviette. Les lignes étaient très aérées : sous un grand ciel gris, il y avait quatre petits personnages, des nains, tous éloignés les uns des autres. Dans un coin, un chat et un chien, aussi grands que les personnages, s'amusaient ensemble. Le père, un verre à la main, ne souriait pas; près de lui, le garçon pleurait; au milieu, une femme aux petits cheveux jaunes coupés en balai avait le visage caché par une guitare; on voyait près d'elle une petite unijambiste de dos qui levait la tête au ciel.

— Quelle famille! C'est loin d'être gai, tout ça.

— Moi, je trouve ça dramatique. Manuel doit être bien malheureux pour faire des dessins comme ça.

— Pourquoi? C'est pas parce qu'il fait un dessin un peu triste qu'il a besoin de voir un psychologue. Au contraire, il devrait en faire beaucoup de dessins, ça lui éviterait de suivre une thérapie.

— T'es de mauvaise foi, Pauline Cloutier, comme toujours.

— Comment ça, comme toujours?

— On dirait que tu veux rien comprendre. Je te dis que Manuel est malheureux, qu'il faut faire quelque chose. Je le sais, moi. Ta maladie l'a mis à l'envers.

— C'est ça, dis que c'est de ma faute, Gilles Auger.

— C'est pas ça que je dis.

— T'es toujours aussi cheap, Gilles Auger.

— Toi, t'es toujours aussi soupe au lait, aussi égoïste... Je sais pas ce que je fais avec toi.

— Je demande pas mieux que de m'en aller, je te l'ai déjà dit, me semble.

— Écoute, Pauline, je veux qu'on se reprenne tous les deux. Donnons-nous une chance. J'ai vraiment fait des gros efforts, Pauline, je suis au bout de mon rouleau. Je veux pas qu'on se sépare, à cause des enfants, pour qu'ils soient plus heureux.

— Comment tu veux qu'on rende les enfants heureux si on est malheureux nous-mêmes?

— Ça se fait, Pauline, beaucoup de gens font ça. Nos parents.

— Écoute, Gilles Auger. J'ai fait une dépression, j'ai déraillé par bouts, mais je suis pas stupide. Je suis encore capable de sentir ce qui se passe autour de moi. Je pars demain matin, ma décision est prise.

— Vieille crisse... pars donc si tu veux tant partir. Mais je t'avertis, la maison est à mon nom, puis toi t'es loin d'être stable. Financièrement puis psychologiquement, disons. C'est pas ta jobine qui peut te faire vivre.

— Es-tu en train de me dire que tu me laisses rien, que tu m'aideras pas pour que je garde les enfants au moins la moitié du temps?

— Disons que tu t'es pas morfondue pour les appeler pendant que t'étais en Abitibi.

— J'étais malade, Gilles.

— Viens pas me dire que t'aurais pas pu les appeler plus souvent.

— Je les ai appelés... quand je pouvais. C'était pas facile.

— C'était plus facile de t'envoyer en l'air avec ton faux crooner spaghetti.

— Tu peux bien parler. Toi, tu t'es pas gêné avec Réjeanne.

— Quoi?

— C'est elle-même qui me l'a dit.

— C'est pas pareil. C'était juste... comme ça, puis c'est déjà fini. Puis c'est toi qui me l'as lancée dans les bras, non?

Pauline abandonna. Gilles aurait toujours le dessus sur elle, il serait toujours celui qui sait tout, celui qui a raison, celui qui a le gros bout du bâton. Saint Gilles. Elle ramassa le dessin de Manuel, passa au salon prendre la partition dans le banc du piano. Elle fit face à Manuel qui remontait du sous-sol.

— Tu vas pas partir hein, mom?
— J'ai pas le choix, ton père m'a mise à la porte.
— Je veux aller avec toi.

Pauline monta les escaliers péniblement et s'enferma dans sa chambre. Elle aurait dû se jeter sur son lit et pleurer toutes les larmes de son corps, mais elle s'étonna elle-même de se sentir si légère. Elle tapota son oreiller, s'installa confortablement sur son couvre-lit et sortit la chanson qu'elle venait de composer. Elle la fredonna plusieurs fois dans sa tête, puis elle changea quelques lignes. Désormais sa vie lui appartenait à elle seule; c'était à elle de jouer.

Il était six heures du soir : elle ouvrit la fenêtre, prit un cachet d'aspirine, fuma un petit joint de hasch et s'endormit profondément. Personne ne vint la déranger, elle n'entendit aucun bruit, ne rêva de rien et fila ainsi jusqu'à quatre heures du matin. Quand elle se réveilla, ses idées étaient claires comme un ciel d'Abitibi en plein cœur du mois de janvier.

L'ÉTOILE DE MONTRÉAL-NORD

Pauline se leva sans faire de bruit. Elle descendit dans la cuisine prendre un café. Elle ne mangea rien de peur que l'odeur du pain grillé ne réveille Gilles et les enfants. Elle boitait encore un peu et elle avait parfois de la difficulté à lever le bras. Mais elle se débrouillait de mieux en mieux grâce aux exercices de physiothérapie qu'elle faisait plusieurs fois par jour. Elle rangea sa tasse dans le lave-vaisselle puis elle remonta à l'étage, enleva les draps de son lit, qu'elle plia minutieusement avant de les mettre dans une valise. Sans faire plus de bruit qu'une souris, elle prit des vêtements auxquels elle tenait beaucoup, ceux qu'elle portait le soir pour sortir, des jeans et des t-shirts, son blouson de cuir. Elle aurait voulu jeter à la poubelle toutes ses petites-jupes-madames, mais elle n'en avait pas le temps. Son avoir tenait dans deux sacs verts qu'elle mit en vitesse dans le coffre de sa Lada.

Le jour commençait à poindre quand elle rejoignit le boulevard Gouin vers l'ouest. Dans son rétroviseur, une bande rouge diffuse balayait les restes du bleu de la nuit. Elle avait toujours du mal à passer les vitesses, mais elle y arrivait. Son bras gauche tenait le coup. Gilles serait furieux de constater qu'elle avait filé à l'anglaise. Son seul regret était de ne pas avoir pu embrasser ses enfants, Manuel surtout. Ariane aussi, qui s'était quand même radoucie. Pauline aurait aimé leur expliquer pourquoi elle partait comme une voleuse. Bientôt, dès que possible, elle reviendrait les chercher. Ils lui sauteraient dans les bras et la supplieraient de les amener avec elle. Un jour, elle leur dirait tout ce qu'elle ne comprenait pas tout à fait elle-même. Elle avait besoin d'être seule un grand bout de temps. Elle avait de nouveau trois ans, des tresses, une corde à danser et la morve au nez. Il lui fallait tout apprendre.

Elle fila ainsi longtemps sur le boulevard Gouin et se rendit jusqu'à la rue Saint-Denis. Joël Le Bigot faisait ses farces plates entre la météo, les nouvelles et la chronique d'horticulture. Le monde se branchait sur le monde, comme tous les matins, avant d'arriver au travail. Pauline stationna son auto rue Rivard près de Mont-Royal et décida de descendre la rue Saint-Denis à la recherche d'un petit café. Le soleil cassait déjà le froid de la nuit. Elle prenait de grandes respirations et pouvait sentir que l'été s'amenait dans les molécules de l'air humide et pollué. Elle s'arrêta devant des vitrines sales. Chez Champigny, elle examina longuement un poster de Yolande Villemaire, qui venait de publier un roman, *Ange Amazone*. Elle aurait voulu l'acheter, à cause du titre, mais la librairie n'était pas encore ouverte.

Elle traversa la rue à la hauteur du Carré Saint-Louis, entra aux Petites Gâteries pour commander un cappuccino. Il était presque huit heures. La simple pensée de retourner à *L'Étoile de Montréal-Nord* et de piocher sur un texte racontant les bons coups du directeur de la caisse populaire lui donnait la nausée. Mais elle n'avait pour fortune que les trois mille dollars hérités de son père. Et pas question de vendre Cléricy, elle tenait à cette maison plus qu'à tout au monde.

Son café refroidissait, les gens allaient et venaient autour d'elle, mais le temps s'était arrêté. Que lui restait-il? Ses jeans, sa Lada. Et son travail. Elle sortit précipitamment des Petites Gâteries en oubliant de payer, perdue qu'elle était dans le labyrinthe du matin. La rue Saint-Denis fourmillait déjà quand elle reprit son auto. Il fallait qu'elle se présente à neuf heures et demie à son journal.

En arrivant, Pauline se dirigea tout droit vers Blanche Lafontaine, habillée comme pour un grand dîner, les cheveux crêpés blond platine, les doigts garnis de lourdes bagues, les ongles laqués longs. Elle leva les yeux, fit cligner ses faux cils et finit par esquisser un sourire forcé.

— Pauline, on ne vous attendait pas aujourd'hui. Quel bon vent vous amène?

— Je compte revenir travailler demain.

— Ah oui! Est-ce que monsieur Lafontaine est au courant?

— Non, je voudrais lui parler.

— Un instant, je vais voir s'il est libre.

Blanche fit tomber un bloc-notes. Elle le ramassa en rougissant et disparut dans le bureau de son mari. C'est Jean-Paul Lafontaine en personne, cigarillo sucré au bec et toupet frisé luisant, qui réapparut le premier. Il portait toujours les mêmes grosses lunettes en écaille, le même veston de rond-de-cuir, la même cravate huileuse.

— Si c'est pas ma bonne Pauline. Viens, entre, j'avais justement demandé à Blanche de t'appeler. Blanche, je suis occupé avec Pauline, je veux pas être dérangé.

Blanche se coula dans le bureau en soupirant et Pauline sentit un drôle de trémolo dans la voix de Lafontaine. Elle ne l'avait jamais vu aussi suave.

— Comment ça va, ma chère Pauline?

— Bien, je vais beaucoup mieux.

— Vraiment?

— Vraiment.

— Tu en es certaine?

— Oui.

— Parce que...

— Parce que quoi?

Pendant quelques instants, monsieur Lafontaine mâcha le fume-cigare en plastique de son Colt. Puis il s'éclaircit la gorge et se mit à faire plusieurs phrases de détour pour enfin dire à Pauline que, pendant son absence, il avait engagé une nouvelle secrétaire qui maîtrisait parfaitement le français et qui, en plus, était très jeune et très dynamique. Il lui proposa donc de vendre des annonces classées, que cette « promotion » lui conviendrait bien, étant donné qu'elle avait eu une grave maladie, une dépression majeure, comme c'était écrit sur son certificat médical.

— J'ai jamais fait ça, vendre des petites annonces. Je suis pas très bonne dans la vente. Pourquoi vous demandez pas à votre petite nouvelle de faire ça?

— Ce n'est pas son domaine, vois-tu. Et ça l'intéresse pas plus qu'y faut.

— Moi non plus ça m'intéresse pas.

— C'est facile, tu verras.

— Ce que j'aimerais, c'est écrire des articles, pas vendre des poêles usagés.

— On a pas besoin d'un journaliste, malheureusement. Même si on en avait besoin, je suis pas sûr que tu serais en mesure de faire ça. Ça prend des nerfs solides, faut pouvoir affronter le monde, tu comprends?

— Je comprends que vous me mettez sur une tablette.

— Mais non, mais non, c'est important la vente d'annonces, c'est ça qui fait marcher le journal, bien plus que les articles.

— Ça me tente vraiment pas, vraiment pas.

— Penses-y, Pauline, c'est à prendre ou à laisser.

— Bon, vu que j'ai pas le choix. Est-ce que je commence aujourd'hui.

— Ton coin est pas encore installé. En plus, ça me prend un certificat médical pour ton retour. Je vais demander à Blanche de t'organiser tout ça pour que tu rentres après-demain. Ça va? T'es sûre que t'es mieux?

— Ça va.

En sortant du bureau, elle fit face à Blanche qui causait en riant avec une toute jeune fille au décolleté plongeant. Pauline reconnut la fille de Lafontaine et de Blanche. Elle passa devant elles sans les regarder. Elles s'arrêtèrent de parler. Pauline courut vers la porte, emportant avec elle l'odeur du cigarillo au rhum de Lafontaine mêlée à celle du parfum cheap et insistant de Blanche. Elle avait envie de vomir.

LA MÊME SITUATION

Pauline essaya de se ressaisir, mais elle tremblait tellement qu'elle n'arrivait plus à introduire sa clé dans le contact. L'air manquait. Elle baissa la vitre de l'auto et elle sentit le vent tiède lui frôler les joues. Elle tâtonna encore quelques minutes avant de démarrer. Elle prit une cassette au hasard et réussit à l'introduire dans le lecteur en sacrant de toute son âme. Elle criait plus fort que Joni Mitchell qui chantait *Same Situation*.

Elle éjecta la cassette immédiatement. Elle n'avait pas le goût de se faire dire que tout recommençait presque de la même façon. Avec Carlo à Cléricy, elle avait pensé que sa vie changerait, qu'elle serait libre et heureuse, qu'il s'agirait de lever le petit doigt pour qu'un homme aimant et tendre aboutisse dans son lit. Ce n'était pas si simple. Ses caresses lui manquaient. Peut-on aimer sans avoir le cœur serré ? Peut-on ne pas aimer sans avoir le cœur serré ? *J'ai un amour qui ne veut pas mourir* résonnait dans la Lada. Cette chanson, belle et bête comme la vie qu'on vit pour de vrai, réussit à peine à calmer son vertige.

Elle voulut revoir Carlo de toute urgence. Elle marchait sur les dernières miettes de bon sens qui lui restaient, mais sa Lada semblait téléguidée. La voix de Renée Martel se faisait encore plus pressante quand Pauline stationna son auto devant chez Carlo. Elle grimpa les deux étages en traînant la patte un peu et ouvrit brusquement la porte qui n'était jamais fermée à clé.

Elle resta figée devant la pièce des premiers jours. Le lit était jonché de couvertures défaites et de vêtements sales. Les carreaux étaient si crasseux qu'ils laissaient à peine passer la lumière. Une vague odeur de hasch mêlée à celle de la cigarette prenait au nez. Carlo était là, qui s'appliquait à bien aligner la poudre de coke avec une lame de rasoir. Près de lui, un vingt dollars enroulé, prêt à servir.

— Darling? T'aurais pu frapper au moins, ou téléphoner.

— Tiens, t'es rendu avec le téléphone.

— T'énerve pas. Jouste une minoute. Allez, prends une snif avec moi.

— Non, je touche plus à ça.

— Sainte Darling, priez pour nous!

— Arrête ça, Carlo, c'est pas nécessaire.

Carlo renifla ses deux minilignes. Il essuya méticuleusement le miroir brisé sur lequel il les avait disposées, puis il se passa les doigts sur les gencives.

— Elle est bonne en hostie, dou vrai cristal. Astou de l'argent? Jé peux en avoir d'autre si tou veux.

— Non Carlo, ça sert à rien. Viens prendre un café avec moi sur la rue Ontario.

— C'est pas à ton goût icitte, nonna?

— C'est pas ça, j'ai besoin de prendre l'air, nono.

— O.K.

Ils descendirent les marches en silence, Carlo le premier. Il se retourna plusieurs fois en arborant un sourire forcé et Pauline sentait bien qu'il vérifiait si elle était capable de le suivre. On aurait dit une évacuation de sinistrés. Une fois dehors, Carlo prit Pauline par le cou et l'embrassa sur les deux joues.

— Jé suis content dé voir qué tou as l'air mieux.

— Justement ça va très mal.

— Mais la dernière fois qué jé t'ai vue, tou avais un bras dans le plâtre et tou pouvais pas bien marcher.

— C'est ma vie qui va mal, Carlo. Tout va mal.

Carlo la serra dans ses bras une autre fois et elle se mit à pleurer. Ils restèrent ainsi plusieurs minutes plantés au milieu du trottoir dans le soleil doux. Des enfants piaillaient autour d'eux en se lançant une balle de caoutchouc bleu blanc rouge. Pauline se sentit menacée et s'écarta soudain de Carlo.

— Viens, Darling, on va aller sur Ontario.

Ils entrèrent dans le premier casse-croûte machinalement, comme s'ils avaient planifié depuis longtemps de s'y retrouver. C'est à peine s'ils jetèrent un coup d'œil sur la serveuse crêpée et maquillée comme pour un numéro de cabaret.

— C'est pour déjeuner?

— Non, juste un café pour moi.

— Moi aussi.

— Bon.

Carlo baissa les yeux et s'apprêta à parler. Pauline ne lui donna pas le temps d'articuler un seul mot et le mitrailla de questions.

— Qu'est-ce qui t'arrive? Pourquoi tu m'as jamais rappelée? T'as sûrement une blonde. Je sais que t'es resté avec Shirley à Malartic, je le sais.

— Darling... pourquoi tou mé lé démandes si tou lé sais?

— Laisse-moi tranquille avec ton *Darling*. Tu penses pas que tu m'as assez conté de menteries comme ça sans en rajouter?

— Mais jé t'aime beaucoup, jé vais toujours t'aimer.

— Là, je comprends plus rien, mais rien. Peux-tu m'expliquer?

— Jé peux toute t'expliquer. Mais arrête d'être si nerveuse. Tou m'accouses, tou m'accouses. Jé né peux rien dire.

— Tu me dis que t'es au Canada depuis un an, puis après, tu dis dix ans, puis tu me dis que tu retournes à Montréal, puis j'apprends par mon beau-frère que t'étais avec Shirley.

— Comment il a pou savoir ça, lui?

— Par Colette, la serveuse de l'hôtel Albert, qui l'a su par Cathy qui se trouve à être une amie de ta Shirley Tétrault, figure-toi donc.

— Ouais...

— Le monde est petit, le Québec est un dix cents, imagine l'Abitibi, imagine Rouyn-Noranda. Tout finit par se savoir dans les petites villes.

Pauline n'osait plus lui dire pourquoi elle était venue chez lui. Elle aurait voulu qu'il l'héberge quelques jours, le temps de se trouver un appartement, mais elle n'arrivait plus à croire ce que Carlo lui disait.

— Avoue que c'est Shirley qui reste avec toi?

— Toé, quand t'as oune chose dans lé coco, tou lâches pas facilement.

— C'est Cindy alors?

— Cindy vient des fois, mais c'est pas pareil. C'est oune amie, c'est toute.

— Tu m'avais dit que c'était ta femme.

— Jé t'ai dit ça, moi?

— Comment tu veux que je te croie? Tu racontes n'importe quoi. Tu m'avais dit que t'avais été obligé de te marier pour être reçu immigrant. T'es peut-être même pas un immigrant. C'est moi l'immigrante, au fond, l'immigrante d'Abitibi, c'est moi qui viens d'un autre pays.

— Tou poses trop dé questions, Darling, jé sais pas quoi répondre.

— La vérité, c'est pas si compliqué.

— Jé té dis cé qué jé pense.

— Ah! Aide-moi Carlo.

— Qu'est-cé qué jé peux faire pour toé, Darling?

En posant sa question, il avait pris sa voix de Marcello Mastroianni tout en roulant des yeux de husky sur ses seins. Elle lui dit tout, son voyage de retour avec Gilles, sa convalescence, que Gilles l'avait mise à la porte, sa visite à *L'Étoile de Montréal-Nord*, son désespoir, ses enfants qu'elle ne pourrait plus voir pour un bout de temps.

Puis elle ajouta : « J'ai composé une couple de chansons. »

Carlo éclata de rire. Pauline se demandait s'il voulait rire d'elle ou s'il était vraiment content. Il s'arrêta net et lui frôla les lèvres et les joues de ses doigts dodus.

— Chante-moi ta toune.

— Es-tu fou? Pas ici.

193

Pauline rougit jusqu'aux oreilles et se leva brusquement.

— Ici, je peux pas. Allons chez toi, Carlo.

— O.K. Si ça té fait rien dé chanter dans oun bordel.

LES MOTS EN MUSIQUE

Carlo paya les cafés, ce qui étonna Pauline. Un soleil fiévreux essayait de contrer le vent frisquet du mieux qu'il le pouvait. L'air humide traversait le veston de Pauline et la faisait frissonner. Elle se colla spontanément contre Carlo qui lui enserra la taille.

— Jé souis content qué tou sois revenue. J'aime les chanteuses.

— Ça, je m'en doute! À part Shirley, t'en connais d'autres?

— Toi. Jé pense qué tou vas être oune chanteuse. Jé t'aime beaucoup, tou sais.

— Je pense que tu m'aimes pas tant que ça. En tout cas, ça faisait longtemps que tu m'avais pas fait signe.

— C'est pas ça. C'est compliqué... T'as un mari, des enfants.

— Oui mais là, j'ai plus de mari.

— T'as toujours tes enfants.

— C'est vrai.

— Comment tou vas faire?

— Je le sais pas. C'est la première fois de ma vie que je me retrouve devant rien.

— T'es chanceuse, moi jé souis toujours devant rien.

Quand ils entrèrent dans l'appartement, Pauline buta sur le téléphone par terre. Cindy était-elle revenue? Shirley habitait-elle avec lui? Qui avait fait installer le téléphone? Il avait peut-être fait des sous en revendant de la coke.

— T'aurais pas un joint, Carlo?

— Non, mais j'ai dé l'huile. J'en ai rapporté d'Abitibi. Tiens, prends ma pipe si tu veux. J'ai aussi dé la coke, mais jé peux pas t'en donner, c'est à vendre.

— Ah, laisse faire. J'aurais juste pris un joint. C'est tout. Je suis pas en état de prendre autre chose.

— Ouais, on est raisonnable, nonna.

— Appelle-moi plus « nonna ».

— Darling. Viens jé vais té faire toute oublier, viens Darling, qué jé té caresse. À force dé té caresser, il t'en restéra pas une miette dé peine.

Il entraîna Pauline sur le matelas. Elle oublia tout dès que Carlo pointa sa langue dans la conque de son oreille. De nouveau son sang voyageait partout dans ses veines, faisait battre ses tempes, retournait au cœur de son ventre. Les caresses de Carlo progressaient sur sa peau qu'il dénudait par lichettes et, mieux que n'importe quel joint, elles évacuaient son mal pour laisser place au plaisir. Carlo s'arrêtait parfois, le temps de reprendre sa respiration, le temps que Pauline se laisse engourdir un peu plus et réclame la suite. Cela dura, dura. Puis il vint en elle. Son ventre s'agita et s'enfla comme une vague qui se jette sur la lune. Il n'y avait plus rien qui comptait pour elle, seuls le flux et le reflux de cette marée. La vie prenait enfin sa place dans un lit de secours.

Le soleil jouait dans les rideaux et, en bas dans la cour, les oiseaux s'époumonaient au milieu des cris des enfants. Pauline et Carlo restèrent longtemps allongés flanc contre flanc, duvet contre duvet. Puis Pauline, en voulant s'installer plus confortablement, dégagea quelques vêtements sous l'oreiller et tomba sur un soutien-gorge pigeonnant noir.

— Vas-tu me le dire enfin avec qui tu vis ? Cindy ou Shirley ? Envoye, crache !

Carlo se mit à rire comme un fou.

— Pense pas à ces détails-là, Darling. Rélaxe. On est venous pour chanter ta chanson. Chante-moi ta chanson.

Carlo agrippa sa guitare et commença à l'accorder. Pauline se rhabilla en vitesse et se dirigea vers la porte. Carlo courut derrière elle.

— Pars pas comme ça. Montre-moi ta chanson.

— Je veux savoir avec qui tu vis.

— Jé vis avec personne, si tou veux savoir.

— Et ça ?

— Pas bésoin dé vivre avec quelqu'un pour avoir un soutien-gorge dans son lit. T'es pas ma femme, nonna. J'ai pas dé femme. J'ai pas dé blonde.

— Maudit menteur. T'es un méchant menteur de profession.

— O.K., O.K. Rélaxe. C'est vrai, Shirley est venoue icitte un boutte. Mais elle est plous icitte. Elle a même laissé les Blue Kids. Pourquoi tou mé quéstionnes toujours. Come on, Darling.

Il était nu devant elle, l'air suppliant, et il lui passa doucement la main dans les cheveux.

— Come on, Darling, montre-moi ta chanson.

197

Elle ouvrit son sac à main et en sortit une partition. Elle la remit à Carlo en hésitant.

— C'est un premier jet.

— Tou sais écrire la musique? Où t'as appris ça?

— Je t'ai déjà dit que j'ai appris le piano, non?

— Jé sais pas, j'ai doû oublier.

Tout en remettant son t-shirt, il déchiffra difficilement les notes. Puis il gratta un peu sa guitare pour trouver les accords. Pauline se leva pour chanter.

Pourras-tu m'aimer
Même si je me noie
Un peu toutes les fois
Que tu me donnes un baiser

Mon amant mon âme
Mon homme mon ange
Il n'y a plus de frontière
Je ne suis plus étrangère

Je suis toi tu es moi
Tu es mon corps et mon roi
Je suis ton cœur et ton sang
Ton passé mon présent

Elle reprit depuis le début, il enjoliva les accords. Il chanta avec elle, longtemps. Elle sortit du papier, dessina d'autres portées, ajouta des mots, en biffa. Il lui suggéra une variation mélodique et plusieurs heures plus tard, sans qu'ils voient le temps les atteindre une seule fois, ils s'arrêtèrent, satisfaits.

— C'est ta première chanson. On en féra d'autres, beaucoup d'autres. Puis on féra des tournées.

— J'en ferai d'autres, t'inquiète pas. Mais j'ai beaucoup de pain sur la planche avant de pouvoir dire que je peux faire un spectacle.

— Tou veux faire un spectacle, pourquoi?

— Pourquoi pas?

— Jé sais pas. T'as jamais chanté avant.

— Toi non plus, t'avais jamais chanté avant de chanter pour la première fois.

— Mais c'est pas pareil, moé j'étais jeune.

— Ça a rien à voir. Elle est bonne ou elle est pas bonne ma toune?

— Elle est bonne. Mais jé pourrais la chanter, moé, en attendant.

— Non, c'est moi qui vas la chanter, Carlo. Je veux la chanter.

— Où tou peux chanter? Tou connais pas les places. Moé jé connais les places. Si tou veux, on peut aller voir mon booker.

Le téléphone sonna et Carlo se mit à parler en italien. Pauline comprit qu'il s'agissait de Giuseppina, qu'elle voulait venir manger chez lui, qu'elle apporterait un osso bucco. Carlo dut s'y prendre à plusieurs fois pour refuser, et il ne lui révéla pas que Pauline était avec lui. Il était question plutôt de *molto lavoro*. Puis ils parlèrent de *nonna* et Pauline crut un instant qu'il s'agissait d'elle. Mais non, il fut question de *malattia grave*, de l'Italie, de Cogne, de *viaggio*.

Quand il laissa l'appareil, il dit à Pauline que sa grand-mère était très malade et que sa mère songeait à aller la voir en Italie avant qu'elle meure.

— C'est bien vrai alors que ta mère est une vraie Italienne?

— Mais oui, c'est vrai. Jé suis déjà allé à Cogne chez ma grand-mère pendant les vacances. Elle est toute seule là-bas. Jé pense qué ma mère voudrait retourner vivre là-bas. Elle arrêtait pas dé m'en parler quand j'étais petit. Son village tout vert, perdu au pied dou Grand Paradis.

— Si c'était tant le paradis que ça, pourquoi ta mère est partie ?

— Ah ! un coup dé tête, elle s'entendait pas avec son père. Elle est partie avec une amie en disant qu'elle allait gagner sa vie à Montréal. Mais elle a pas trouvé dé job puis elle s'est mariée avec mon père pour avoir sa nationalité canadienne.

— Ton père est pas un Italien ? Tu m'as pourtant dit qu'il s'appelait Cello, j'ai pas rêvé ça.

— Jé t'ai jamais dit qu'il était italien.

— C'est un Québécois ! Comment ça se fait que tu t'appelles Frascati ?

— C'est le nom de ma mère. Mon père s'appelle Pilon, Marcel « Cello » Pilon. Mais c'est un bon joueur de musique country, ça c'est bien vrai.

— Pour une seule chose qui est vraie, tu racontes dix menteries. C'est quoi l'idée ?

— C'est pas vraiment des mensonges, tou vois. De toute façon, jé m'en fiche. C'est quoi la vérité, tou lé sais toi ?

— Mais t'es qui, toi, au juste ?

— Fais attention, plous tou poses dé questions, plous tou risques dé pas avoir les bonnes réponses. Mais pourquoi jé té raconte ça ? Viens au Campus ce soir. Y a un show bizarre avec Généviève Létarte. Ça va té changer dou country, genre Pauline Cloutier.

— C'est pas du country que je fais.

— Anyway, peut-être qué tou vas aimer ça. Gerry Taylor pis René Côté, t'sais, les gars des Blue Kids, y font la deuxième partie.

— Avec Shirley Tétrault, je suppose?

— Ben non, je te l'ai dit, ils sont plous ensemble. Elle les a plantés là après le Rocher Percé. En attendant, as-tou des bagages?

— Ben oui. J'ai tout mis dans deux sacs verts. Ils sont dans mon auto.

— Tou peux rester avec moi en attendant qué tou té trouves un appartement. Quelques jours. Mais c'est trop petit pour deux personnes icitte.

— Merci, Carlo, je te remettrai ça.

— Darling... essaye dé pas trop mé poser des questions, O.K.?

Pauline faillit tomber la tête la première dans les escaliers tant elle se pressait pour aller chercher ses sacs. Puis elle se ressaisit. Non, il ne fallait pas aller si vite. Elle prit une grande respiration et revint dans l'appartement.

— Je monterai mes affaires après la soirée. Viens-t'en, Carlo, habille-toi!

Elle redescendit et pendant qu'elle attendait Carlo dans son auto, juste devant chez lui, elle pressa un bouton pour faire avancer la cassette de Renée Martel. La réalité prenait la forme des mots et de la musique. Pauline était convaincue que la vie, fatalement, devrait se vivre comme dans les chansons. Ce serait tellement plus simple. On mettrait la cassette à ON, that's all, puis quand on en aurait assez, on appuierait sur OFF.

Carlo monta dans l'auto, un petit joint de mari au bec.

— Tu m'avais pas dit que t'avais pas de mari, toi?

— Jé voulais té faire oune sourprise, Darling. Prends-en oune poffe.

— Fuck off!

— Allons-y. Yooo! C'est ton soir, Darling!

— Fuck off, j'ai dit.

LES MONTAGNES RUSSES

Devant le Campus s'alignait une longue file qui allait de la rue Decelles à la rue Gatineau. Pauline et Carlo décidèrent de revenir plus tard, quitte à rester debout près du bar pendant tout le spectacle. Ils se promenèrent main dans la main rue Decelles avant de longer les grilles du cimetière vers la Montagne. Carlo, comme toutes les fois qu'il sniffait de la coke, se sentait le plus grand chanteur du monde et n'arrêtait pas de parler de ses derniers shows. Il avait décidé de délaisser le country pour étendre son répertoire du côté de Beau Dommage, de Daniel Lavoie, de Zachary Richard.

— Zachary Richard, c'est pas loin du country ça.

— Jé veux toute mêler ça, j'aime ça mêler lé rock, lé jazz, lé folk, lé country, lé disco. Dé la bonne mousica, c'est dé la bonne mousique.

— T'as raison. Je pense ça moi aussi. Mais tu chantes bien le country.

— Oui mais lé country a pas d'avenir à Montréal. Lé monde rit toute dé ça. J'ai fait une sémaine au Rocher Percé, mais jé souis pas non plus un vrai chanteur country, à cause dé mon accent italien. Y a rien qu'en Abitibi puis dans les trous de campagne qué lé monde trippe sur le country. À Montréal, ça marche pas.

— Merci pour le trou de campagne.

— Fâche-toé pas, Darling.

Pauline se sentait lourde. Elle avait tout mis en branle pour retrouver Carlo. Au fond, elle voulait qu'il l'aide à monter un spectacle, à réaliser son rêve de devenir chanteuse, à sortir du magma des madames nobody. Était-il normal qu'elle se promène ainsi main dans la main avec un homme de quinze ans son cadet, qui lui mentait effrontément, qui couchait avec d'autres femmes et qui venait de la lécher partout? Elle avait le goût de retourner à Montréal-Nord pour que la réalité revienne à la réalité. Puis elle changea d'idée, elle ne rentrerait plus chez elle. Il fallait qu'elle parte. Si elle retournait à la maison, tout recommencerait : les enfants, le ménage et toutes ces choses que les épouses et mères de famille font quand elles sont de bonnes femmes.

Pauline écoutait Carlo qui causait toujours. Elle saisissait des bribes de ce qu'il disait à propos des chums de bars, des chanteurs qu'il avait connus au Rocher Percé, au Zoobar, de la guitare Gibson qu'il voulait s'acheter chez Steve Music. C'était une nuit de mai, un soir où « tout va fleurir », comme dans le poème de Musset. Tout était en place pour l'amour, mais quelque chose clochait. Pauline dit tout haut : « Pourquoi mon cœur bat-il si vite? » Carlo s'arrêta, surpris, puis il embrassa Pauline, sans conviction. Elle se dégagea très vite.

— Carlo, es-tu capable de parler sans accent?

— Oui, peut-être, si je fais pas attention.

— Tu veux dire : quand tu fais attention.

— J'aime les accents, tous les accents. Pourquoi tu me demandes ça?

— Tu viens de parler exactement comme moi, sans accent.

— Toi aussi, t'as un accent, un accent d'Abitibi.

— Pourquoi tu cultives ton accent italien si t'es capable de parler comme nous autres?

— À cause dé ma mère. C'est oun vrai accent qué j'ai. Jé souis oun vrai démi-Italien.

— Tu aurais pu avoir un accent québécois, comme celui de ton père, disons.

— Darling, parle-moé pas dé mon père. Jamais. Jé l'ai déjà dit qué mon père est mort dans ma tête.

— O.K. J'ai compris, Carlo, ça suffit. Retournons au Café Campus.

Pauline trouvait bizarre cette volonté qu'avait Carlo de se faire passer pour un étranger à tout prix dans son propre pays. Il se comportait comme ces hommes qui se métamorphosent en femmes. Carlo s'était construit une frontière dans sa tête et il l'avait franchie clandestinement. Il avait sûrement dressé d'autres frontières en lui-même. Il en arrivait à croire à ses propres mensonges tissés à même ses petites vérités.

Quand ils entrèrent au Campus, Geneviève Letarte finissait sa partie et il ne restait aucune place aux tables. Sur la scène au fond, Gerry Taylor et René Côté chantaient du Willie Nelson, ce qui remit Pauline de bien bonne humeur. Elle se jucha sur un tabouret que lui céda un très jeune homme, étonné sûrement de voir une petite madame au bar. Carlo commanda deux Molson tout en observant la foule distraite. Dans les éclairs stroboscopiques qui balayaient la salle, Pauline crut apercevoir la crinière rousse de Réjeanne. Elle s'arracha les yeux encore un moment, puis elle renonça et se retourna pour regarder le spectacle. Les musiciens des Blue Kids, même sans Shirley, avaient l'air d'intéresser Carlo au plus haut point. Il prit machinalement sa bière et sa cigarette, puis il s'avança vers la scène. Pauline décida de rester au bar pour ne pas perdre son tabouret. Une voix familière chanta derrière elle : *O Sole mio, O Sole mio.*

— Réjeanne? T'es toute seule?

— Je vois que toi, t'es pas toute seule en tout cas. Toujours avec ta chenille à poil?

— Pas vraiment, non. C'est spécial ce soir. J'avais besoin d'une place pour dormir. Veux-tu une Camel Light?

— Merci, j'ai arrêté de fumer. Tu devrais arrêter toi aussi.

— Depuis quand tu me fais la morale? C'est l'influence de Gilles?

— Arrête ça. À propos de Gilles, il m'a dit que t'étais partie pour de bon. C'est vrai?

— Ce qu'il y a de plus vrai.

— T'aurais dû voir l'air qu'y avait à l'école aujourd'hui.

— Je veux pas le savoir Réjeanne. C'est fini.

— Pas pour tes enfants quand même.

— T'inquiète pas, Réjeanne, je vais m'arranger.

— Veux-tu une bière?

— Non, je vais aller rejoindre Carlo en avant. J'aimerais ça parler aux musiciens. Ils jouent en Abitibi des fois. J'aimerais ça y aller aussi.

— Te v'là rendue groupie.

— Ben non. Je veux chanter.

— Rien que ça, ben coudonc. Ben, bonne chance. Oublie pas que je suis toujours là. Take care.

— Je t'ai déjà dit...

— O.K., O.K. C'est difficile de savoir quoi te dire.

— Bye, Réjeanne. Merci quand même.

Les musiciens arrêtèrent de jouer pour l'entracte. Une fois Réjeanne repartie vers sa table au fond de la salle, Pauline alla retrouver Carlo et les musiciens. Elle se tira une chaise et s'inséra entre René Côté et Gerry Taylor. Elle toussota. Les trois hommes ne lui prêtèrent pas la moindre attention. Elle mit sa main sur le genou du grand Gerry qui la dévisagea. Carlo et René continuèrent de parler de leur côté.

— Tu me reconnais pas, Gerry?

— Non, je te replace pas.

— L'hôtel Henri, c'est moi l'accident, le bras cassé.

— Ah! Je me demandais bien qui t'étais. Viens-tu de Rouyn ou de Noranda?

— De Cléricy.

— Dis-moi donc ton nom encore.

— Pauline Cloutier, la sœur de Suzanne, la fille d'Arthur, l'ex-femme de Gilles Auger, la blonde de Carlo...

— Arrête, arrête. Je voulais juste savoir ton petit nom.

— Je veux chanter.

— Es-tu une chanteuse?

— Non, mais je veux chanter. Avez-vous besoin d'une chanteuse?

— Wow, wow, ça se fait pas comme ça. Il me semble que tu fais pas assez guidoune pour être chanteuse. Faudrait que tu me chantes quelque chose avant. Quel genre que tu chantes?

— Du country, du rock, du folk... du classique si tu veux.

Puis elle retira sa main du genou de Gerry et se tourna vers Carlo.

— Toutes leurs chansons, je les sais par cœur, toutes les chansons de Carlo, je les sais par cœur aussi. C'est vrai hein, Carlo?

— Jé pourrais pas dire. Jé t'ai jamais entendoue chanter.

— En plus je compose des chansons, hein, Carlo?

— Jé sais pas. Jé t'ai jamais entendoue chanter. T'inventes ça, Darling.

— Ah ben, c'est le boutte! Mon maudit écœurant. T'as pas assez de conter des menteries sur toi, faut que t'en contes sur moi. Envoye, scrame, dégage!

Carlo resta sur place et Pauline devint rouge de rage. Elle se releva un peu afin de rapprocher sa chaise de celle de Gerry, remit sa main sur son genou et s'arrangea pour tourner carrément le dos à Carlo.

— Avez-vous un local de pratique?

— Oui, on a un garage sur la rue Fullum.

— J'aimerais ça y aller. Quand est-ce que vous pratiquez?

— Wow, wow, je t'ai jamais dit qu'on te prenait comme chanteuse. Je suis pas contre, mais je te connais pas. Faudrait que la petite dame fasse ses preuves avant. Un stage, c'est pas un salon de banlieue.

— Justement, je pourrais faire un essai si tu me donnes l'adresse de votre local.

— O.K. Viens lundi prochain. On commence à se préparer pour l'Abitibi.

— Vous faites un show en Abitibi?

— On a eu le contrat pour la descente de radeaux de la Saint-Jean à Cléricy.

— J'y vas avec vous autres, c'est sûr.

— Wow, wow, pas si vite la p'tite mère.

— Appelle-moi pas de même. Mon nom, c'est Pauline.

— O.K. Bon, René viens-t'en, faut qu'on fasse un autre set. Tu reconnais-tu Pauline Cloutier? A voudrait venir nous voir pratiquer lundi, je lui ai dit que c'était correct.

— C'est toi qui décides. C'est tiguidou.

Pauline se retourna, mais Carlo avait disparu. Elle se poussa à travers les spectateurs qui entraient continuellement dans le bar et regagna sa Lada. Carlo l'y attendait. Sans dire un mot, elle inséra la cassette de Renée Martel dans la fente du lecteur et, sur un ton ferme et solennel, elle demanda à Carlo de descendre de la voiture.

— T'es pas sérieuse? T'as pas dé place pour rester cé soir. T'es faite, Pauline Cloutier.

— Fuck, j'ai d'autres places où aller. Scrame, Charles Pilon, alias Carlo Frascati. SCRAME!

— Tu vas baiser avec Gerry, je suppose. Pour une femme de ton âge, c'est pas si pire.

— Tiens, t'as perdu ton accent tout d'un coup. Je veux plus te voir la fraise. Sors. Vite, ça presse.

— O.K., O.K. Wow, Darling, relaxe...

— Pauline, c'est Pauline, mon nom.

— Je pense que tu vas faire une maudite bonne diva.

— Si t'étais pas un si méchant menteur, ça me ferait plaisir de te croire. Envoye, dégage.

Carlo sortit, se mit à marcher rapidement et s'enfonça dans la rue Gatineau. Quand il fut hors de sa vue, Pauline descendit de voiture. Elle retourna au Campus pour aller voir Réjeanne et termina la soirée avec les chanteurs. Gerry avait insisté pour qu'elle dorme avec lui, elle avait tant bu qu'elle accepta presque. Mais elle décida d'aller chez Réjeanne. Elle avait bien plus besoin d'air que d'un homme. Quand elle revint dans l'auto, elle enleva aussitôt la cassette de Renée Martel, pour remettre celle de Marianne Faithful. Lucy Jordan était quand même restée sa meilleure amie, la plus fidèle, celle qui la comprenait, celle qui la suivait comme un ange de la nuit.

LA BONNE SOLITUDE

Elle coucha deux soirs chez Réjeanne, le temps de se ressaisir un peu. À la fin de sa première journée de travail, elle se mit à la recherche d'un appartement. C'était urgent, il fallait qu'elle sorte ces mots qui se bousculaient dans sa tête, qu'elle les aligne sur une page blanche au plus vite, qu'elle les observe, les organise en couplets et en refrains. Et pour écrire, il lui fallait de la solitude, beaucoup de solitude.

Même si elle avait passé la journée à solliciter sans succès de la publicité pour *L'Étoile de Montréal-Nord*, elle eut assez d'énergie pour visiter trois ou quatre logements tellement délabrés qu'elle en fut découragée. Vers neuf heures, au moment où elle allait abandonner, elle remarqua une pancarte sur laquelle était inscrit en gros caractères : À LOUER. Elle s'approcha et vit, écrit à la main en dessous : 4 1/2 libre immédiatement, 200 $, poêle et frigidaire fournis, s'adresser au 2021 Parthenais. « C'est pour moi ça. Papa, aide-moi du haut de ton ciel d'enfer ! » Elle grimpa au deuxième étage voir la propriétaire, une dame d'au moins soixante-quinze ans qui trônait dans un capharnaüm indescriptible, rempli de livres et de beaux meubles anciens.

— Vous voulez visiter le logement ?

— Non, c'est pas la peine, puisque vous me dites que votre appartement est pareil à celui qui est à louer. J'aimerais signer le bail tout de suite.

— Mais il faut que je prenne des petites références. Donnez-moi donc le numéro de votre employeur, j'appellerai demain matin.

— Je travaille dans un journal. 324-1234. Demandez Jean-Paul Lafontaine. Quand est-ce que je pourrais rentrer?

— Je vous rappelle dès que j'aurai parlé à votre patron. Avez-vous un propriétaire que je pourrais rejoindre aussi?

— C'est que... je me sépare. J'aimerais mieux que vous appeliez pas mon mari.

— Au fond, j'ai pas d'affaire à l'appeler. Avez-vous des enfants?

— Euh... non.

— C'est mieux comme ça, autrement ça serait trop petit. Un, ça pourrait aller, mais pas plus. J'ai ben de la misère à endurer des enfants sur ma tête. Vous savez, j'en ai jamais eu.

— Vous étiez mariée?

— Non, j'ai jamais voulu me marier. Je suis « mademoiselle ».

— Mademoiselle?

— Forcier. Bon, où est-ce que je peux vous rappeler?

— Au journal, au même numéro.

— Je vous rappelle si tout est correct.

Il y avait une pointe de dépit ou de regret dans sa façon de répondre. Pauline espérait que la vieille demoiselle ne poserait pas de questions trop précises à son patron. Elle avait des enfants, oui, mais ils n'habiteraient pas avec elle. Elle était mariée, oui, mais elle n'était plus avec son mari. C'était difficile à expliquer tout ça : son mari, ses enfants, son père, sa mère, sa sœur. Elle voyait les membres de sa famille comme des taches de sang qui ne partent pas au lavage.

Vers dix heures le lendemain, mademoiselle Forcier appela Pauline à son travail pour lui confirmer qu'elle pouvait emménager rue Parthenais quand elle le voudrait. Avant de raccrocher, elle ajouta : « Vous pouvez prendre vos enfants avec vous, ça ne me dérange pas. Au fond, c'est pas des bébés et j'aime bien les enfants quand ils sont grands. » Pauline hésita un instant puis elle lui dit qu'elle se rendrait à l'appartement à la fin de la journée pour signer le bail.

— Si vous voulez, on signera pas de bail. J'aime mieux vous louer au mois, comme ça vous pourrez partir quand vous voudrez. Apportez-moi un chèque pour tout de suite. On sait jamais, vous pouvez tomber malade ou quelque chose du genre.

— Qu'est-ce que vous voulez dire ? Je suis en bonne santé.

— Oui, pour le moment, mais on sait jamais. Puis je connais ça des petites madames qui viennent de se séparer. Ça se trouve un ami c'est pas long puis ça demande qu'on casse le bail. Bon, à ce soir. Oubliez pas votre chèque.

— C'est ça, à ce soir.

Trois secondes plus tard, Jean-Paul Lafontaine surgit près d'elle.

— Comme ça, on déménage?

— Oui.

— Ça doit pas être drôle de se séparer comme ça juste après une bonne grosse dépression, pardon... un gros « burn out ».

Pauline rougit de partout : le stool! Il avait tout raconté à la propriétaire. Elle se sentait toute nue, encore plus à vendre que sur n'importe quelle petite annonce. Elle crut qu'elle allait s'effondrer, mais elle ramassa toute son énergie et la phrase sortit, lapidaire : « Go to hell. » Les joues pâles de Lafontaine tournèrent au vert et il regagna son bureau de chêne usé. Après avoir tapé une lettre de démission, Pauline se releva, ramassa quelques affaires, remit la lettre sur le bureau de Jean-Paul Lafontaine et détala aussi vite qu'un lièvre surpris par un coup de fusil.

Elle partit en zombie vers le sud de la ville, comme attirée par un aimant. Il fallait qu'elle voie l'appartement en plein jour. Elle avait l'impression de s'être jetée dans le vide. Elle avait finalement fait ce qu'elle voulait faire depuis longtemps : quitter ce travail qui ne lui convenait pas, quitter Lafontaine et son cigare, Blanche et sa greluche. Elle ignorait comment elle arriverait à payer son loyer, mais il lui restait l'argent de son père. Ensuite, elle verrait.

En arrivant à son appartement, c'est d'abord la lumière qui la saisit. Il y avait de grandes fenêtres à chacune des deux extrémités et les anciens locataires avaient laissé des plantes vertes. Le salon, un peu plus sombre, faisait pièce double avec la cuisine. La chambre, à l'avant, se prélassait au soleil. Elle se vit tout de suite en train de composer ses chansons devant la fenêtre. Elle rôda dans les pièces, savourant sa nouvelle liberté. Elle était loin de son cottage bien organisé, mais elle se sentait chez elle.

Il fallait qu'elle passe à Montréal-Nord prendre quelques objets de première nécessité, un peu de vaisselle, des draps, des serviettes. Elle écrirait un mot à Manuel et Ariane pour leur donner sa nouvelle adresse. Adieu mari, adieu travail. Quant à la couvée, elle verrait. Elle entonna sa nouvelle chanson, s'imaginant sur scène, habillée de denim pailleté, chaussée de ses magnifiques Fry, genuine leather, cheveux longs permanentés, maquillage extravagant, éclairage stroboscopique, foule chaleureuse à ses pieds.

En arrivant chez elle rue Pigeon, son cœur s'emballa. Elle se calma du mieux qu'elle put, elle inséra en tremblant la clé dans la serrure. Au premier essai, elle mit sur le compte de sa grande nervosité le fait que sa clé ne tournait pas. Elle essaya de l'introduire de nouveau, rien n'y fit. Après la troisième tentative, elle dut se rendre à l'évidence : la serrure avait été changée.

Elle retourna dans sa voiture, mais elle était trop bouleversée pour rester sur place à attendre le retour de Gilles et des enfants. Elle reprit le boulevard Pie-IX vers le sud, fit quelques détours et revint chez Réjeanne. Elle appela à l'école et demanda à parler à Gilles.

— Qu'est-ce qui t'a pris de changer la serrure, Gilles Auger ?

— C'est plus chez vous, Pauline. Mais tu peux venir ce soir si tu veux, on va être là tout le monde. À quelle heure tu peux venir ?

— Faut vraiment que je prenne rendez-vous pour aller chez nous?

— C'est plus chez vous, Pauline. Mais si tu veux tes affaires, tu peux venir les chercher n'importe quel soir ou en fin de semaine. T'as juste à me dire quand tu veux venir.

— J'y vais ce soir.

— À quelle heure?

— Je sais pas.

— Ça se peut qu'on soit sortis.

— Bon, à sept heures, disons.

— On en profitera pour parler de la garde des enfants.

— Comment ça, la garde des enfants? C'est pas toi qui les gardes, les enfants?

— Oui, mais ils ont aussi une mère, ces enfants-là.

— Tu vas quand même pas me demander une pension alimentaire.

— Ça serait normal que tu fasses ta part, Pauline. Ou bien tu les gardes de temps en temps, ou bien tu fournis un peu d'argent.

— Donne-moi le temps de me retrouver. J'ai pas de temps puis j'ai pas d'argent pour tout de suite.

Pauline raccrocha en pleurant. Elle ramassa ses sacs, écrivit un mot à Réjeanne et repartit vers son appartement de la rue Parthenais. En entrant, elle croisa la propriétaire dans l'escalier. Avec un petit sourire en coin, elle dit à Pauline qu'elle pouvait lui prêter quelques objets, le strict nécessaire : une table, une chaise, une assiette, une tasse, une casserole et quelques couverts. Pauline la remercia. Mademoiselle

Forcier ajouta qu'un petit matelas l'attendait par terre, recouvert d'une catalogne.

Elle resta longtemps assise à ne rien faire, à ne rien penser, à ne pas bouger même. Elle savourait sa solitude, sa paix, sa liberté. Sa vie recommençait à zéro. Elle alla chez le dépanneur chercher un six-pack de Dow, un Kraft Dinner et un paquet de Du Maurier, et se délecta de son premier souper de célibataire. Elle sortit deux ou trois feuilles, griffonna quelques lignes d'une nouvelle chanson.

> *Toute la vie se tient devant moi*
> *Je ne suis plus derrière toi*
> *Je ne suis plus la dernière*
> *Vois-tu je serai la première*
> *Un ange à mes côtés*
> *Dirige mes pas, pas à pas*
> *Je ne veux ni pleurer ni crier*
> *Tout ira tout ira tout ira tout ira*
> *Comme je le vois*
> *Comme je le crois*
> *Comme je le veux*
> *Tant qu'il se peut.*

Le soir, elle se rendit chez Gilles qui la reçut sèchement. Les enfants étaient absents. Elle prit quelques affaires, des livres surtout, des disques, son ghetto blaster. Gilles voulut lui parler de la garde des enfants, mais elle ne voulut rien dire avant d'avoir vu Ariane et Manuel.

— Tiens, Gilles, je leur ai écrit un petit mot. J'espère que tu pourras leur donner.

— Arrête de niaiser, Pauline. C'est pas de leur faute ce qui nous arrive.

— C'est de la faute de personne, Gilles. Mais les enfants c'est du monde comme les autres, ils ont le droit de savoir ce qui nous arrive.

L'ARRANGEMENT

Juin avançait à pas de géant. Pauline s'adaptait bien à sa nouvelle vie. Elle avait eu des discussions orageuses avec Gilles concernant le partage des biens et la garde des enfants. Elle ne tenait pas à grand-chose au fond et c'est ce qui enrageait Gilles. Il lui avait d'abord proposé de « garder » les enfants à la maison de la rue Pigeon. Il aurait alors pris un appartement et il aurait « reçu » les enfants une fin de semaine sur deux. Pauline refusa catégoriquement. C'est Gilles qui garderait la maison, les enfants, le chien, le chat et elle « recevrait » Ariane et Manuel dans son appartement une fin de semaine sur deux.

À leur première visite, les enfants n'avaient d'abord rien dit mais Pauline devinait leur déception, habitués qu'ils étaient au confort de leur cottage à Montréal-Nord. Pauline leur expliqua qu'ils n'avaient pas le choix, que c'était désormais là qu'elle habitait.

— Pourquoi tu travailles pas comme papa? Tu pourrais avoir un plus grand appartement.

— Je te l'ai déjà dit, Manuel, j'ai besoin de tout mon temps pour composer des chansons, je veux préparer un spectacle.

— Comme Ginette Reno?

— Pas tout à fait, disons, mais un jour je serai une grande chanteuse.

— Shit! On va être morts dans ce temps-là.

— Ariane, parle-moi comme du monde même si je suis ta mère.

— T'es plus ma mère.

— Voyons Ariane, voyons.

— Ça me tente vraiment pas de rester dans un appartement B. S. comme ça. Je reviens plus.

C'était tout l'encouragement qu'elle avait reçu de ses enfants. Mais une force intérieure lui brûlait le cœur et pour rien au monde, même pas pour ses enfants, elle n'aurait voulu faire autre chose que de composer des chansons ou de chanter celles qu'elle aimait. Tous les jours elle se levait tôt, s'installait à sa table près de la fenêtre et elle écrivait sans arrêt. À défaut de piano, elle inventait des mélodies en jouant sur le clavier Casio emprunté à Manuel. Les mots bloquaient parfois entre le cœur et la main, mais quand ils sortaient finalement, c'était un raz-de-marée, un mélange de violence et de douceur. Toute sa vie elle s'était crue bonne à rien. Maintenant elle voyait danser noir sur blanc des lettres et des notes qui lui appartenaient en propre. Quelque chose d'unique défilait en beauté sur des portées qu'elle dessinait à l'encre de Chine.

Elle était allée au local de pratique, tel que convenu avec Gerry. Elle avait dans son sac toutes ses partitions mises au propre en comptant bien les lui montrer. Au fond d'elle-même, elle savait que ses premières chansons avaient de l'allure, mais elle tenait à ce que quelqu'un les examine et les commente. Elle savait d'avance que Gerry et René aimeraient le genre de chansons qu'elle avait écrites.

Quand elle était entrée, les deux gars avaient l'air absent comme s'ils avaient été gelés à l'os. Ils étaient en plein jam session et la présence de Pauline ne les avait pas fait broncher d'un poil. Pauline avait attendu patiemment qu'ils finissent. Ils avaient pris une longue gorgée de bière et allumé leurs cigarettes avec la flamme du même gros Zippo. C'est alors seulement qu'ils l'avaient saluée.

— 'Scuse-nous, on fait juste une autre toune pis après on est à toi.

— Je suis pas pressée.

— As-tu apporté des chansons?

— Oui, mais je peux faire les vôtres avec vous autres si vous aimez mieux.

— Wow, pas si vite. Peux-tu faire des vocals?

— Oui, mais j'aimerais ça chanter. Comme Shirley quand elle était avec vous autres.

— T'as pas le style ben ben.

— Tu m'as jamais entendue chanter, comment tu peux savoir?

— Rien qu'à voir, on voit ben. T'es pas grande, t'as des cheveux courts, t'as pas le groove qu'il faut. Hein, René?

— Je sais-tu, stie? C'est toi qui l'as invitée, débrouille-toi avec elle.

Pauline s'était levée pour partir.

— Merci de votre encouragement, les gars.

— Les nerfs, les nerfs. Prends-le pas mal.

— Je vous demande juste d'écouter une toune.

— O.K., O.K. Chante-nous ça. On va voir ça à l'œil nu, hein René.

— Bon, bon, si tu veux. Est en quoi ta toune?

— En ré.

— Chante une ligne pour qu'on fasse nos accords.

Flanquée devant eux, Pauline avait chanté a cappella un couplet de sa dernière chanson. Les gars avaient oublié de jouer.

— Chante-la donc une autre fois, elle est pas pire pantoute, hein, René.

— Ouais, c'est pas si pire. J'aime ça, come on. C'est un maudit beau blues.

Elle leur avait remis sa partition.

— C'est faite pas pire, ça stie. C'est pas toé qui as écrit ça?

— Ben oui.

— Tu veux dire que c'est pas un cover?

— Ben oui, qu'est-ce qu'y a?

— Ah ben là, c'est pas pareil. C'est pas pareil. Nous autres on fait juste des covers, on fait pas des tounes originales.

— Je suis capable de chanter des covers aussi, je les connais toutes par cœur les chansons que vous faites en show.

— T'as pas le style chanteuse pantoute. Faudrait que tu sois plus gorgeous, je le sais pas moé. Comme une chanteuse de blues. Hein, René?

— Je sais-tu, moé.

— T'en as écris combien des tounes comme ça?

— Cinq ou six.

— Je pense à quelque chose. Tu pourrais en chanter une toute seule en première partie à Cléricy. Peux-tu t'accompagner à la guitare?

— Non, mais je suis capable au piano.

— Un piano, ça marche pas dans un show en plein air. Voyons donc.

— Toi, Gerry, tu peux m'accompagner.

— Qu'est-ce que t'en penses, René?

— Fais ce que tu veux, Gerry, je m'en mêle pas. Mais y va falloir que tu l'apprennes, c'te maudite toune-là.

— J'avais pas pensé à ça. Hey, Blondie, pourquoi tu demandes pas à Carlo?

— Es-tu fou? Pis appelle-moi pas Blondie, mon nom, c'est Pauline. Pauline Cloutier.

— C'est pas un nom de chanteuse ça, c'est le nom de ma voisine.

— C'est mon vrai nom, puis j'y tiens. Pis parle-moi plus de Carlo, je veux plus le voir, celui-là. Tu le sais Gerry.

— Tu peux travailler avec lui sans te sentir obligée de coucher avec, tu sais.

— Je veux plus le voir, c'est-tu clair?

— Wow, wow, les nerfs, ma petite madame...

— Pauline.

— O.K., Pauline. J'y pense, tu pourrais t'enregistrer une cassette de piano, genre de sampling, comme.

— J'ai pas le temps, on a juste deux semaines avant le show.

— O.K. Je vas t'accompagner. Une toune, celle que tu viens de faire. En échange tu vas nous faire des vocals. Je vas les avertir là-bas qu'on va être trois.

Je sais même pas si tu vas être payée. Même nous autres, on n'a pas grand-chose.

— Ça fait rien, je passerai le chapeau.

— Tiguidou !

Gerry avait éclaté d'un grand rire sonore, puis il avait enfoncé sur la tête de Pauline son chapeau de cow-boy. Il avait décapsulé une bière qu'il lui avait offerte en lançant : « Join the club, Lady Pauline. » René avait commencé à jouer de la basse pour que Gerry le rejoigne le plus vite possible. C'était *Hotel California* que Pauline savait par cœur. À un moment donné, elle s'était levée et avait chanté avec eux. Ils n'avaient pas bronché. Ensuite ce fut *Mona Lisa* et ça s'était terminé dans une sorte d'euphorie.

— Finalement on a ben fait de la prendre avec nous autres, qu'est-ce que t'en penses, Gerry ?

— C'est toi qui le dis, René. Qu'est-ce que t'en penses, toi, Pauline ?

— Je pense que je vas aller m'acheter des talons hauts pis que je vas me faire teindre platine Dolly Parton.

LES RÉPÉTITIONS

Pauline amena Réjeanne à quelques répétitions dans le garage de la rue Fullum. Elle voulait qu'elle lui donne des conseils pour que sa voix porte mieux, que ses gestes soient plus naturels. Ça crevait les yeux que Réjeanne avait une préférence pour le petit René, ce qui tombait bien parce que Pauline se sentait davantage complice du grand Gerry. Ils pratiquèrent la chanson de Pauline de nombreuses heures jusque tard dans la nuit. L'atmosphère était à la fête, ils se taquinaient beaucoup, buvaient de la bière, se roulaient quelques joints qu'ils se passaient rituellement. Pauline était épuisée, mais elle était contente. Le 21 au soir, au solstice d'été, ils sortirent ensemble tous les quatre. Ils se pointèrent au Zoobar où ils dansèrent pendant des heures, après quoi les filles se retrouvèrent aux toilettes.

— J'ai l'impression que je sors d'un cauchemar. T'as pas cette impression-là, toi, Pauline?

— Mets-en, Réjeanne. Moi, c'est pire que ça. J'étais morte, je me sens ressusciter. J'ai peur pour mourir mais, pour la première fois de ma vie, je sais que je vais faire quelque chose d'important.

— Penses-tu que tu vas rentrer avec Gerry ce soir?

— Je suis pas là-dedans, Réjeanne. Gerry, c'est un bon chum, mais c'est plus important pour moi de chanter mes chansons. Le reste, on verra.

— T'as pas un kick sur Gerry?

— Je l'haïs pas, Gerry, loin de là, mais j'ai peur de m'embarquer jusqu'au cou. Pis y a les enfants...

— Moi, je pense bien que je vais ramener le petit René à la maison.

— Il te l'a proposé?

— Non, je l'ai invité.

— Tu changeras bien jamais, Réjeanne. Fais attention à toi.

— Qu'est-ce qui te prend de me dire une affaire de même?

Pauline se mit à rire en entraînant Réjeanne dans la salle. Elles rejoignirent Gerry et René qui, la bouche pâteuse, parlaient du voyage à Cléricy. Il n'était pas question de prendre la Lada, trop petite pour amener tout le monde et qui toussotait comme une pneumonique. Gerry proposa qu'ils y aillent dans le minibus de René et que Réjeanne se joigne à eux.

— C'est une bonne idée ça, Gerry. J'ai promis à Ariane et Manuel de les amener, ça va remplir l'autobus de René.

— Qui ça, Ariane et Manuel?

— Mes enfants, voyons Gerry. Je te l'ai déjà dit.

— Je devais être stone. T'en as combien de ça?

— Deux.

— C'est rien ça, moi j'ai trois filles.

— T'as trois filles, Gerry? Tu m'as jamais dit ça.

— Je m'en vante pas à tout le monde. Je les vois pas souvent. J'ai trois belles filles de trois petites mères différentes. C'est dur à rapailler quand vient le temps des fêtes. Penses-tu qu'y a de la place pour tout le monde dans ta maison là-bas?

— Ça dépend.

— Ça dépend de quoi?

— Ça dépend si ça prend des lits simples pour tout le monde.

— On va s'arranger avec ça, René puis moi.

Gilles avait tiqué quand Pauline lui avait annoncé qu'elle partait pour l'été avec les enfants. Il avait fini par céder à la condition qu'il n'ait pas à les conduire là-bas ni à payer quoi que ce soit pour eux. Ariane et Manuel, pour une fois, étaient ravis parce qu'ils aimaient bien la maison de leur grand-père. Le 23 juin à l'aube, tous montèrent comme des gitans endormis dans le minibus de René en direction de l'Abitibi. Gerry avait même pu amener Anna, sa fille de trois ans aux cheveux blonds et raides comme ceux de Pauline.

Pendant presque tout le trajet, surtout dans le parc La Vérendrye quand la route n'en finit plus et que les enfants commencent à se chamailler d'ennui, Pauline répéta sa chanson avec Gerry et René. Ils pratiquèrent les vocals ad nauseam jusqu'à ce que la petite Anna se mette à pleurer.

— Qu'est-ce que tu veux Anna?

— J'ai envie de pipi, personne m'écoute.

Puis Ariane enchaîna :

— Moi aussi, j'ai envie.

Gerry arrêta de bonne grâce, fit descendre les filles. Ariane semblait tout heureuse de s'occuper de la petite qu'elle amena plus loin à l'abri des regards.

— Les filles, faut tout le temps que ça se cache.

— Manuel, tu trouves pas que tu charries?

— On a vraiment l'air d'une gang de niaiseux. En tout cas, moi, mom, si j'avais su ça, je serais pas venu.

— Manuel...

— J'en ai plein le cul moi de vos tounes de has been. Pourquoi vous chantez pas un peu de heavy metal ou des tounes de Pink Floyd? C'est ben mieux que vos affaires pognées dans le marshmallow. Moi j'haïs ça, le country. Ariane aussi, popa aussi. Pis je suis sûr que la petite Anna déteste ça.

— Manuel... on va te débarquer dans le milieu du parc si tu continues, comme dirait ton grand-père.

— Tu racontes toujours les mêmes histoires, mom, comme grand-pa. Pis j'm'en sacre du vieux Arthur. Y est mort et enterré.

— Voyons, Manuel, qu'est-ce qui te prend? Tu l'aimais ton grand-père?

— Ouais, mais y est pus là. Ça fait chier.

Manuel avait un petit tremblement au menton, comme s'il allait pleurer, mais il se ressaisit. C'était la première fois qu'il parlait de la mort de son grand-père. Il y avait eu tant de discussions à propos de l'héritage que Pauline avait oublié les petits-enfants d'Arthur. Elle s'apprêtait à consoler Manuel quand les deux filles revinrent en piaillant. Elles avaient eu le temps de se faire piquer les jambes par des mouches noires et se mirent à montrer leurs morsures comme des trophées. Manuel, un peu jaloux de la complicité entre Anna et Ariane, haussa les épaules, soupira longuement et s'assoupit. Le reste du voyage fut plutôt

tranquille, agrémenté de quelques réflexions et cha-
mailleries. C'est long. Est-ce qu'on arrive? C'est quoi
la prochaine ville? La route est droite, trop droite.
C'est long longtemps...

Vers quatre heures la troupe arriva en trombe
devant la maison blanche du rang de Cléricy. Pauline
hésita un peu avant de mettre la clé dans la porte en
songeant à Carlo qui l'avait accompagnée au printemps, mais le petit pincement au cœur se dissipa
aussitôt. Elle avait l'impression de rentrer chez elle
après un long voyage, un très long voyage.

— Bienvenue chez moi. Faites comme chez vous.

Il faisait beau mais il y avait trop de mouches
noires pour manger dehors. Pendant que Réjeanne
préparait le spaghetti, Pauline s'occupa de faire les
lits. Il y eut quelques discussions à savoir qui couche-
rait avec qui. Anna et Ariane voulaient la chambre de
tante Suzanne, Manuel, le divan du salon, pour pouvoir regarder la télé. Il restait la chambre de ses
parents que Pauline partagerait avec Réjeanne et sa
propre chambre qu'elle offrit à Gerry et René.
Réjeanne pouffa de rire en faisant un petit clin d'œil
à René.

— René et moi, on va plutôt se prendre un petit
motel.

— Voyons Réjeanne, t'es folle. On va s'arranger,
on va s'arranger. On parlera de tout ça quand les
enfants seront couchés. C'est pour la forme... Il y a
de la place pour tout le monde, au choix du client...

LA DESCENTE DE RADEAUX

Le lendemain, jour de la Saint-Jean, après avoir dormi, déjeuné, inspecté les bois des alentours, la maisonnée monta dans la fourgonnette en direction du village de Cléricy. Il y avait un monde noir autour de la Kinojévis. Sur le pont, sous le pont, derrière le bar du Domaine du chasseur, près des deux rives. Les enfants n'en revenaient pas des radeaux déguisés en chars allégoriques qui descendaient les rapides tour à tour. Il y en avait des mal foutus qui n'arrivaient même pas à se rendre au pont, qui chaviraient au premier remous. Anna riait, pliée en deux chaque fois. Manuel voulait monter lui-même sur un radeau, mais quand il vit des planches voler dans les airs, éraflant la peau des naufragés au passage, il déchanta. Heureusement que les ambulanciers se tenaient tout près pour donner les premiers soins. On voyait des débris de chambre à air flotter, des ballons fleurdelisés, gonflés à l'hélium, se perdre dans l'acier du ciel.

Tout cela prenait beaucoup de temps. Le soleil tapait sur le torse nu des motocyclistes stationnés près du bar. La bière coulait à flots, les gens qui piqueniquaient sur l'herbe parlaient fort comme au réveillon du jour de l'An, les enfants mangeaient des chips, les chiens couraient la queue en l'air. Quelques radeaux, particulièrement solides et dirigés par de braves navigateurs, réussissaient à franchir les rapides, intacts. La foule, un peu déçue, quand même, de ne pas avoir assisté à un accident en direct, les applaudissait à l'arrivée.

Pauline commençait à se sentir des papillons dans l'estomac. Elle pensa avec nostalgie à son père qui avait si souvent traversé ces rapides pour le plaisir, pour lui faire peur. Elle pensa aussi à Carlo avec qui elle était venue pendant l'hiver et qui lui avait chanté *Je finirai par l'oublier par le sourire* pour elle toute seule. Et maintenant c'était à elle de jouer. Elle se préparait à franchir la pire barrière, celle qui l'avait jusque-là séparée de ce qu'elle était vraiment.

Au début de la soirée, quand le dernier radeau eut fini sa course, que les prix eurent été décernés, que les pique-niqueurs eurent avalé encore plus de bière, le rassemblement se fit au parc, devant l'estrade, pour le show de la Saint-Jean.

Deux filles de la place, Nicole et Alice, ouvraient le spectacle avec leur chanson *Dans l'fond de mon rang*, que Pauline ne connaissait pas, mais qu'elle aima tout de suite.

> *Y passe à peu près deux chars par jour*
> *Chaque fois j'me garroche devant l'châssis*

Elle poussa Gerry du coude.

— On devrait l'apprendre cette toune-là.

— C'est vrai, c'est une idée. C'est une bonne toune country.

Alice et Nicole chantaient avec enthousiasme, accompagnées par un clavier et un banjo. Pauline eut une hésitation, se demandant bien ce qu'elle faisait là, perdue comme dans un rêve. Elle allait se pincer le bras pour vérifier que c'était bien elle qui allait monter sur scène, quand elle aperçut Carlo dans la foule plus loin qui buvait sa bière à même la bouteille. Elle reconnut Shirley, près de lui, malgré ses vastes lunettes noires. Elle fit un mouvement pour se sauver, mais Gerry la retint.

— Voyons, Pauline, qu'est-ce qui te prend?

— Tu le savais, toi, Gerry, qu'y serait là, lui?

— Qui ça, lui?

— Carlo, tu l'as pas vu?

— Non, tu dois rêver, Pauline.

— Non, je te dis, je l'ai vu. En plus il est avec Shirley.

— Ah?... Pense plus à ça. C'est toi qui montes sur le stage, pas lui, ni elle.

Il lui donna une petite tape sur l'épaule et lui administra un gros baiser sur la joue.

— T'es prête Pauline? Tout de suite après, c'est nous autres.

Nicole et Alice répétaient leur refrain pour la dernière fois.

J'sais ben qu'c'est loin, Rouyn d'Cléricy,
Mais c'est pas moins loin, Cléricy de Rouyn.

Elle n'eut pas le temps de réagir que déjà Gerry et René lui ouvraient le passage vers l'estrade. Elle reprit ses esprits et monta l'escalier très à l'aise dans ses jeans et son t-shirt ajustés. Les gars avaient accepté de bonne grâce qu'elle ne se tranforme pas en chanteuse country pure laine, genre Dolly Parton. Seules ses bottes de cow-boy faisaient western. Elle n'avait pas décoloré ni frisé ses cheveux blonds. Pour tout maquillage, elle avait du rouge à lèvres framboise afin de mettre en valeur son grand sourire. Elle était fière d'elle.

Gerry et René accordèrent un peu leurs instruments. À cause du feed-back assourdissant, ils durent ajuster les amplis. Pendant ce temps Pauline se tint très droite devant la foule, ferma les yeux pour que sa petite chanson d'amour parte du fond de son cœur. Elle rouvrit les yeux un instant et revit Carlo, un sourire aux lèvres, qui s'était avancé au premier rang, parmi les gens qui continuaient de parler très fort, massés devant l'estrade. Pendant que Shirley regardait ailleurs, il lui envoya un petit signe de la main, mais elle détourna aussitôt les yeux vers le soleil qui sombrait derrière les trembles. Les premiers accords surgirent : one, two, three, et elle se mit à chanter, les joues en feu.

Rien d'autre n'existait pour elle, que ce halo dans lequel les mots, la musique et les cœurs se rejoignaient. Les gens écoutaient un peu, sifflaient sporadiquement. Il y avait du va-et-vient comme dans une gare. La musique caressait la foule qui se débridait près des remous de la rivière Kinojévis.

Toute la vie se tient devant moi
Je ne suis plus derrière toi
Je ne suis plus la dernière
Vois-tu je serai la première

Table

COMPOSÉ PAR
LUC JACQUES, TYPOGRAPHE
ACHEVÉ D'IMPRIMER
EN JUILLET 1998
SUR LES PRESSES DE L'IMPRIMERIE AGMV-MARQUIS
CAP-SAINT-IGNACE (QUÉBEC)
POUR LE COMPTE DE LEMÉAC ÉDITEUR

DÉPÔT LÉGAL
1re ÉDITION : 3e TRIMESTRE 1998
(ED.01 / IMP. 01)